从陕西街到树德里

曾子芮／著

成都时代出版社
CHENGDU TIMES PRESS

图书在版编目（CIP）数据

从陕西街到树德里 / 曾子芮著. -- 成都：成都时代出版社, 2017.2

ISBN 978-7-5464-1488-1

Ⅰ. ①从… Ⅱ. ①曾… Ⅲ. ①散文集—中国—当代 Ⅳ. ①I267

中国版本图书馆CIP数据核字(2017)第034273号

从陕西街到树德里

CONG SHANXIJIE DAO SHUDELI

曾子芮 / 著

出品人	石碧川
责任编辑	李　佳
责任校对	张　巧
装帧设计	成都原创动力文化传播有限公司
责任印制	干燕飞

出版发行	成都时代出版社
电　　话	（028）86742352（编辑部）
	（028）86615250（发行部）
网　　址	www.chengdusd.com
印　　刷	成都市川侨印务有限公司
规　　格	140mm × 210mm
印　　张	6.5
字　　数	167千
版　　次	2017年2月第1版
印　　次	2017年2月第1次印刷
书　　号	ISBN 978-7-5464-1488-1
定　　价	36.00元

▲

快了，我就要走出树德里了。
大学，在遥远的远方。
我知道，一定有远方的风在等着我。

目　录

第二辑 | 裘马清狂少年游

第三辑 | 读书之乐

第四辑｜函青·潮湿的心

鲜衣怒马少年时（代序）

这题目和内容没有任何关系……

（一）

往常可以把40分钟物理课上成60分钟的张老，今天只上了30分钟，剩下的时间留给我们布置庆祝会场。这终于让我们有了一点过节的气氛。

小品、我的滑板鞋、小苹果、猜灯谜、对对联、抽奖、发糖……一个小时，我们这届班委的班会课就算结束了。这几个星期中午就没睡过觉。先是树德论坛，然后是社团建设，接着办板报……终于觉得还是值得。

又收到了长信。感动，还有愧疚。有友如此，夫复何求。

中午和然然、周周、阿庄还有韩东一起吃了饭（虽然挺饱的），鬼使神差地赶错了公交车，南辕北辙。从曦城走回新城市广场，再坐车到文庙街。

自己一个人在市图书馆刷作业。信誓旦旦地说要把所有作业全部解决，可惜手都要写断了还是只把地理和政治写完。

（二）

走之前，去了石室。汽车排在大街上，家长等在门口。推着箱子的住校生们一个一个走了出来。大门对面的那家卤肉饭馆没开门，所以也买不到比食堂还便宜的蛋挞。找不到葵少曾带我去的地铁站，想要绿色街灯也不能够。去多多推荐的8090，没买招牌的双皮奶，反倒是点了一杯椰子西米露。“老板，多加点冰。”

他惊愕地看着我。我坚定地又说了一遍：“多加点冰。”真是丧心病狂。

抱着一杯冰凉凉的饮料，我站在石室北湖校区国际部大楼旁边看几个男生穿着蓝色校服打篮球。仔细辨认，一个都不认识。是了，我想起来，玩得好的几个男生都爱打羽毛球，而羽毛球场在高三楼那边，从校外看不见。

准备离开，听见学校打铃。铃声很熟悉，却反应了好久。不是和初中的一模一样么？眼泪一下子哗哗哗地流。我在想谁呢？我也不知道。或许谁都没有想吧。

石室的梧桐很美。今天的风很大。枯黄的落叶被环卫工人贴心地扫到一边。踩在上面，很柔软很温和。

如果是原来，我一定会想到“落叶是疲倦的蝴蝶”，可是现在，我脑子里突然被肖老的笑容和他昨晚上讲的叶绿素占据。

心中的诗意就是这样一点一点被消磨的。

最后一天了，公交车司机也放假。等车时碰到唐巧李、沛鑫、子峰他们，还有飞哥和学长，还有三班的妹子。

两辆109，都没挤上去。偶遇戚添明，于是一起回家。侃四中，侃校区，侃曾经，侃学霸。感觉真好。

我们一直走到杨赵的家那里，再说再见。天黑了。其实我的脚已经走得很疼。回家一看，又快是两个水泡。超级重的书包，把肩膀都要压断。

（三）

这就是今天了。2014的最后一天。

翡翠色、竹青色、石青色的一天。

梧桐叶飘飞的一天。

第一次做文科作业的一天。

蹲在四中门口哭的一天。

（四）

我选的灯谜“去年今日此门中”，打一首老歌。这是 唯一一个没有被猜出来的灯谜。庆祝会结束以后，我去问了几个同学，都说不知道。只有biang志猜到了。

《粉红色的回忆》。有那么老吗？

想到雪小禅的《喜气安稳》，里面写道：“每次去看戏，惊觉周围全是老人，只有自己的黑发白衣那么惊艳着四周。但他们不知道，我的心早就六十岁，早早的，老成了一块姜，带着自己淡淡的微凉和辣。”

我从不吃姜。

果果说，我越来越逗了。

是么？

好喜欢张爱玲的眼神，睥睨着。尽管我没读过她的书。

（五）

想说新年新气象，又觉得太俗。我一贯不喜欢俗的东西。

那就说，把日子过得像京剧的某一种唱法一样——“错骨而不离骨，不瘟不火、不嘶不懈，涩中带滑”。

“青春是光影里织线，转眼就过去吧，最好的光阴打马扬鞭而去，言菊朋唱着‘未开言不由我珠泪滚滚。’”

胡兰成说，桃花难画，因为她的静。

一开就泛滥，一开就是荼蘼，一开就是美人在太湖边跳舞。

桃之夭夭，灼灼其华。

（六）

“夏天夏天悄悄过去留下小秘密。压心底压心底，不能告诉你……”

愿这回忆，是粉红色的。

我始终期待着。

2014年12月31日

顺便说一句，我其实并不想出版这些不成熟的文字，是我的老爸，一个活在上一个世纪精神世界里的文学老青年撺掇着干的。感谢他的鼓励和支持，在我一个人在客厅里刷题的时候，他在卧室里敲击键盘，孤独而愉快地把我的那些草稿变成这本小册子。

第一辑

风景就在身边

▲

人生的路不止一条，风景也不仅在此一处。
幡然醒悟：何必去争夺那一个状元？
我和朋友们一起奋斗，一起拼搏，
俨然一道靓丽的风景线。

童言无忌

这些稚拙的文字写于6岁至9岁期间，拣了十几篇放在这里，只是觉得还有趣味，有一份特别的情感在。《爱心》是我在学龄前编的童谣，被父亲抄在一张明信片上寄给广州的《现代育儿报》，竟然以短诗一叶的名义发表了，成为我的“the maiden work”。

——题　记

爱　心

金色是灿烂的心，银色是纯洁的心，铜色是温暖的心。

简单的快乐

妈妈旅游去了，只有我和爸爸一起来分享这份简单的快乐。

这份简单的快乐是上楼梯。可能有些同学会问：“上楼梯也算快乐？”那当然，上楼梯也是快乐的，因为上楼梯的时候，你可以换一种走路的方式。我和爸爸换的是企鹅步和扯扯步。企鹅步很简单，就是让爸爸或妈妈双手抱着你，你的手臂放平，然后将爸爸或妈妈的脚和你的脚靠拢，再摇摇晃晃地走。这就是企鹅步。

扯扯步呢？也很简单。就是让爸爸或妈妈把你抱起来，直接扯上几级台阶去。你会感觉到长高了吗？

这就是简单的快乐。

黑黑的夜晚

车里，我躺在妈妈的腿上仰望天空，天上没有星星，只有一个月亮，它弯弯的、亮亮的，好美丽。

我还看到了两旁的树，黑暗笼罩着大地，它还笼罩着车辆和大地。

无数的灯好像无数萤火虫，给我们照亮前方，也在急速后退。

啊！我喜欢这黑色的夜晚！

给曹老师的信

曹老师：

我爱您！我知道您也爱我。可是，明天和后天您要去武汉，您把清洁托付给我了。曹老师，我愿意做。可是我舍不得您呀！我猜全班同学也舍不得您。

请您记住四个字：注意安全！

老巷子

其实，我们的生活中老成都的风味有很多，最老的应该是老巷子吧！（我猜的）比如：大慈寺旁边有一条街，叫玉成街。进去就没有了往日的紧张，可我心里却还是紧张的，为什么呢？因为我在里边学古筝！

可我的心情也是放松的：安静得好似农家小院的老巷子，夜晚，偶尔看到几颗闪烁的星星，星星让老巷子变得更加幽静，更加美丽！

啊！我爱老巷子！每个星期二都是我的美妙时光！

五谷子

昨天，爸爸他们打完网球，忽然，爸爸叫我：“乖儿，快过来，我告诉你一种可以串手链的植物。”我听了蹦蹦跳跳地跑过去，和爸爸一起采了一点。然后，我问爸爸："这个东东是什么呢？"爸爸说："这个是五谷子。"我说："哦！"我们采了一小袋。

回家了以后，我对妈妈说："我想串。"妈妈说："好吧。"可我串不动，只好请妈妈和我一起串。串了好久好久，终于串好了两根手链。

我明白了，要想做好一件事，必须要有耐心！

我是个勇敢的孩子

2000年，我们一家刚刚搬到了长顺下街，一天妈妈请人来装玻璃。忽然，妈妈看见一块玻璃的边缘沾了一点血，妈妈不知道血是从哪里来的。于是，妈妈把血擦掉了，直到我用小手去摸妈妈的脸，妈妈才知道，血是从我的手指上流下来的，是我的手被玻璃划破了。可是我没有哭，也没有叫，回想起来，我的心都咯咯地笑呢！因为那时我才一岁。

感恩·感谢

感恩是一颗心，感谢也是一颗心。

感恩是一颗星，感谢也是一颗星。

心是爸，星是妈，心星是我。只有星和心教我迈上第一级台阶，只有心和星才能把我养大。

谁的家是北斗七星？我的家是北斗七星。其中三颗最最亮的是我家三口人：爸、妈和我。

谁的家在太阳上？我的家在太阳上。阳光是我们发出的力量！

花开的声音

这种花开花的声音是淡淡的，是柔柔的，是小小的，也是甜甜的。这种花叫香雪兰。香雪兰香香的，就像一位小仙子一样，飞向阳光。听妈妈说，淡紫色的香雪兰极少，大部分是浅黄色的。如我们家的香雪兰，只有一朵是淡紫色的，其余的全是浅黄色的。因此，淡紫色的香雪兰被我称为“雪兰之皇”，好听吧？淡紫色的香雪兰真不愧是“雪兰之皇”，因为雪兰之皇的确比黄颜色的香雪兰要香呢！

花开的声音是流畅的，是高昂的，是快乐的，是悦耳的。因为香雪兰开的花是美丽的，是欢乐的，是郁郁葱葱的。

我爱香雪兰！

小苍耳

昨天，麦子蕊给我们带来了一大包小苍耳。

我得到了一、二、三、四……九个苍耳宝贝。这些小苍耳真是调皮！左蹦蹦，右跳跳。忽然，我一声令下：“回营！”苍耳们一个个排着队，回军营了。

它们的名字可好听了：兰兰、豆豆、湖湖、莲莲、加加、叭叭、调调、号号和最乖的巧巧。

嫦娥飞天记

今天晚上六点零五分中国卫星“嫦娥一号”奔月，这是中国最为骄傲、最为自豪的一天，“嫦娥一号”是中国第一个奔向月球的卫星。

美丽、淑女而优雅的“嫦娥一号”即将发射，火箭燃料扑哧哧地烧着。“五、四、三、二、一——发射！”口号、欢呼声连绵起伏，当然，那也可能发生人浪。“嫦娥一号”缓缓升上天空，啊，最后一眼看到女主角了，人们很兴奋。你看了《奔向月球》电视节目吗？一定看看哦，保证很有价值的，快看嫦娥飞天！

中国卫星，你好吗？

我的月球之行

在迷迷糊糊的睡梦中，我从那小床上慢慢地飘了起来。

终于，我醒了。天啊！这是哪里？过了许久，突然，广播中播出了一席话语：

“你好！现在是北京时间九点整，这里是‘神舟七号’飞船。现在我将赐给你开飞船的权力和保证你不受伤害的力量。目的地——月球。”

我又惊讶又害怕，心想：让我？去开飞船！什么？异想天开吧？忽然，广播里又说了一席话：“火箭准备！三！二！一！发射！”不会吧？神奇力量我就掌握了？怎么一点感觉也没有呢？但是简直就不敢相信了，我十分熟练地驾驶着飞船，躲避着各种障碍在太空中穿行。只见我快速地按各种按钮，握着操纵杆，加速！加速！我用一个晚上（地球时间哈）就到达了月球！

我用宇宙对讲机和地球联系：

“安全着陆！太好了！”

“干得漂亮！”地球指挥中心回答我。

我开始观摩起月球来：环形山一座连着一座，美丽极了！

我正津津有味地观赏着，耳机里传来命令：“回地球！”

我依依不舍地离开了月球，因为命令不可违呀！

成长需要鼓励

成长不仅需要批评，更需要鼓励。比如，最近，我就得到一次奖励：看杂技表演《魔幻金沙》，这可是一次极大的物质加精神享受。

鼓励其实很重要，在何时，在何地，是何人，都可以被鼓励到。我也受到过许多次鼓励。如“你真棒、做得不错、加油啊、你可以的”等等。数不胜数，多似繁星。

我觉得，奖励是鼓励的深层次。没有鼓励，哪来奖励呢？鼓励能激起我们的自信心，带动起学习的兴趣。我相信，鼓励越多，只要自己努力，奖励也就越多。

感　恩

“我们是一颗尘土，终将归于尘埃；我们像一滴水，终将归于大海。”感恩，是一个人真正读懂生活的必经之路、是每一个人通向成功的一级台阶，是人人都必须具备的美德。这，就是感恩的意义，人人皆有，只要你做出了感恩的事，那么感恩就属于你、属于社会、属于大家。

也许，圣诞狂欢之夜，你收到了朋友的祝福，你的回信，只有“谢谢”而已，可是，这就是你对朋友的感恩，对朋友的祝福。也许，在旅途中，你不经意睡着了，妈妈用衣服盖上了你的小脚丫，你醒来时，又把衣服给妈妈披上，这顷刻间，感恩发生了。也许，爸爸进房间给你讲不懂的题，你听懂后，对爸爸笑了一笑，这一笑，就是你对父亲爱的回报——感恩。

或许有一天，你上班了，工作了，突然想起了你的父母，买了点小礼物送给他们，不要忘了给全天下的父母们送上祝福。

如果长大后，你在外国留学，在感恩节这一天，一定要记得给父母送去问候，送去温暖，送去祝福。

卸任了

当了一个月的语文科代表，才知道辛苦。一个月的辛酸，一个月的甜蜜，一个月的匆忙，一个月的无奈。

今天，正写着手册作业，曹老师忽然叫我和子皓选下一届科代表！十万火急呀，因为今天是周二，我还要去大队部开大队会，并且，我正想着写台词呢！怎么能把选科代表的事草草了结呢？不过，时间很紧，幸好之前我和子皓初步商量过，于是，我们也就宣布了：“男生科代表是永骁，女生科代表是真伊！”

宣布完后，我心中有股说不出来的感觉，苦涩涩的，很伤感。真想把整个当科代表的情景全给录下来呀！离开了这个“职业”，苦楚一涌而上，比留下来守其他同学的滋味还要难受。不知怎的，回家哭了，真的好怀念那段时光啊！想起一笔笔、一声声、一点点，抱怨、开心、苦恼、疲惫，包括批评、表扬、责备，点点滴滴，令我难以忘怀。

不过，卸任了，总得缓过神儿来，交了“权”也好，让我轻松了许多。

我在泡桐树小学那片蓝色的海洋里度过了六年，我们自诩是一群“小泡泡”。因为有我们，泡小很精彩！

芮吧点评：

“体验成长我能行。”《卸任了》是一个很好的案例。孩子说：“当了一个月的语文科代表，才知道辛苦。一个月的辛酸，一个月的甜蜜，一个月的匆忙，一个月的无奈。”这里的辛酸和无奈除了和同学们的插曲有关外，也和我与她的一段交流有密切关系。

这学期曾子芮当了很多“官”：少先队大队部大队委、英语科代表、语文科代表。前两个职务我在一开学就知道了，听说又当了语文科代表，还要负责给同学改作业，我十分担心孩子能否胜任，她的精力是否顾得过来。子芮这个孩子我是了解的，有十分强烈的责任感，做什么事一定巴心巴肝地干好。当家长的都担心影响孩子的学习成绩；恰好那段时间孩子的数学成绩又有点滑坡。我开导她，要合理安排时间，当大队委和英语科代表已经可以了，为什么还要去当语文科代表呢？你的精力够吗？应该给曹老师说明，另选他人干吧！孩子不说话，满眼泪水，看得出来，我的说教让她觉得很委屈，她也极不情愿辞职。只是怯怯地对我说，这是同学们选的，曹老师也说要找认真负责的同学，并且，语文科代表每两人一组，只能干一个月，然后就要提名他人。于是，我同意她继续当下去，并鼓励她牺牲玩耍的时间，要把成绩提起来，学习好、工作好，才能赢得老师的信任、同学的尊重、家长的支持。

后来，孩子基本做到了。读了孩子的这篇文章，我很感动。不要轻易否决孩子的决定，尊重孩子的选择，帮助她、引导她，也许才能真正做好孩子的监护人。

你看孩子在最后一段说：“卸任了，总得缓过神儿来，交了‘权’也好，让我轻松了许多。”额外的收获是，孩子还学会了自己安慰自己。

46分46秒

随着46分46秒的结束，操场上响起了一片欢呼声。不过，那不是属于四班的。

昨天是最后一学年篮球赛的决赛。奇迹般地，我们四班竟打进了决赛，打出了六年来我们的最好成绩，一脚踩碎了“千年老四”的称号！然而，面对着“可怕”的七班，我们那创造了历史的喜悦立即被压力所冲淡。我们，能赢吗?

中午，篮球赛开打了，老师为庆祝比赛，做出了一个很得人心的举措——免掉中午作业。口哨声一响，赛场上霎时安静，我手中的秒表也开始默默地跑起来。不超过五分钟，我们班就连进两球，将比分拉至3：0。没想到我的同桌杨超然在上半场就上了！一袭紫衣在赛场上飞扬，一个又一个的完美传球使我们班又得两分。逐渐，七班这“虎狼之师”的感觉找了回来。接着，七班扳平了比分。再接着，他们将比分拉到了6：12。此时，正是18分23秒。

我去了一趟英语办公室拿下午要帮Miss Lin批改的试卷，顺道向她索了几颗糖，准备给我们班的英雄们打气助威。突然，我听见一阵振奋人心的欢呼声。我暗暗地想，一定是我们扭转乾坤了！来到记分牌前，我却大失所望——我们班8分，七班17分！这段时间我们班的英雄们状态不佳：好不容易从七班那里抢了球，却又由于反应迟钝或一时疏忽而被七班的运动员一个箭步飞身夺走。唉，真是可惜!

到了中场休息的时候，拉拉队出场了。大病初愈的陈彦竹奋力挑起大梁。她们挥舞着银色的飘带，七班却挥舞着金色的。忽然，三班的周芮雪悄悄拉了拉我的衣袖，对我说：“你看，你们班舞银的，七班舞金的，是金是银就分得出来了。虽然我希望你们班能赢，但是七班的实力确实太强了啊！”

谁说不是呢？毕竟七班蝉联了五年的冠军，卫冕能否成功，在此一举。他们定是拼尽全力打这场比赛，凶猛而霸道的攻势令人难以招架。

我忙把从办公室索来的糖都分给了英雄们，在校外购水的劳动委员也正好回来了。大家都面无表情。拉拉队员们沸腾着，可是我们这里冷得像冰窖。“好好发挥，好好发挥，好好发挥……”这几乎成了我们都会说，却也只会说的一句话。

没想到，下半场杨超然他们的发挥果真更加出色了。大家稳扎稳打，咬死比分，强势的追赶使七班惊慌失措起来。最后十分钟内，我们班的小宇宙爆发了，连追七分！快追上了，快追上了，只有五分的差距了！可惜，裁判吹响了终场哨——46分46秒的篮球赛结束了。“砰——”不知是谁，将篮球狠狠地摔在地上，足足弹出两个人那么高……

我们班所有人很团结地哭了，没有一个人去安慰另一个，大家自己抹着自己的眼泪。

门卫室上挂着的LED显示屏很不合时宜地打出了一行比赛实况——恭喜2011届七班获得最后一学年篮球赛冠军！四班以五分之差惜败七班，获得亚军。

我们的比分究竟是多少？季军是哪个班？后来又发生了什么事？我都记不大清了。但是，我会永远铭记这46分46秒和六·四班的英雄们！

2011年4月23日

帅帅的他

墨水肆意地渲染着纸张，琴声打破了夜晚的宁静。这天晚上，我在想：明天会发生什么事呢？我有种预感……

事实证明了我的猜想，又一件大事发生了！金典喜气洋洋的，好像有什么令人兴奋的事，我一进教室，钦天峰就说："又有一个新同学啦，就是金典的表哥！"我一阵心喜，表面上却不动声色。但是，心里却又泛起波澜：金典的表哥，又姓"金"吗？已经有"金典"了，会不会又来一个"金子"呢？早读时间开始了，曹老师领着新同学缓缓走上了讲台。

大家欢呼起来，用掌声欢迎着远方贵客。接着，新同学开始自我介绍了：海东，男，现年12岁，加拿大籍华人。因为要来成都要一周，所以，海东借读在他表弟的这所学校，这个班级里。

乍一看海东，第一反应就是"Wow，好帅呀"！一副黑边眼镜，中间夹杂着点蓝色，镜片是矩形的。一件黑白条纹T恤衫，一条长长的"怪"牛仔裤，还有一双蓝白色的运动鞋。这就是海东留给我的第一印象。海东买了新的语文和数学教材，还有一本卷了的英语书。一支深蓝色的黑芯签字笔，常常握在他的手上。海东英语超棒，自然受到了英语林老师的青睐啰！就连我当英语科代表的时候，待遇也没这么好啊。说真的，我太羡慕海东了！

与海东相处，第一感觉是幽默！海东很幽默，说他脸长，还用手比划几下，看看是不是真的长。海东会坐哪儿呢？好紧张啊！终于，云天的愿望实现了！瑶琛又有了一个暂时新同桌——海东。

做早操了，大家争先恐后地做海东的领操员，最终决定是子诺。

子诺紧张得不得了，操都差点不会做了！就连平时熟练的动作也忘了，不时地看董老师。回来后，子诺给我讲，说给海东领操时紧张极了。

海东把英语当作母语，就连“初一”“程序”等汉语词汇一概不知，而对英语却得心应手，什么音标、语法，倒背如流，不经意间信手拈来几句英语，便吸引了全班的目光。

这就是帅帅的借读生——海东。

雅丹。张艺谋的《长城》，开篇就在这里取景。我超级喜欢父亲随意从地上拾回的两块黑戈壁石，极光滑，极凉沁，极不规则，然而两石相碰却有金铁之声。

我总也忘不了那句话

不记得是在二年级下期还是三年级上期了，也不记得那位实习老师姓什么了，但我却总也忘不了她给我写的那句话。

那次，实习老师刚来的时候，我在《泡泡自主管理手册》中写她对我们管理很严，比曹老师还严。不久之后，实习老师给我写了一张纸条："子芮，你在《泡泡自主管理手册》中写我很严格、很严厉，现在呢？"我当时在心里默默地说："不，不，您和蔼可亲，一点也不严厉。真的，真的……我有很多话想对您说……"

记得您给我们上《用冰取火》的时候，班上很闹，我几次想听您说的话，却好几次都没有听清。

您的实习时间到了，临走之前，我给您一张纸，请您给我写几句话。写完之后，我将那张纸小心翼翼地保存好。过了好一会儿，您走过来又递给我一张纸。

我慢慢地看着纸上的字，字体如此娟秀，好漂亮！

"你记住：如果你有100个苦难，那就要用101个微笑来笑对人生。"是的，您这句话不禁在我心中激起了不停翻滚的浪花。

现在，您写的这句话一直激励着我前进，谢谢您！您对我特别友好，好像不是师生，而是朋友似的。"良言一句三冬暖，恶语伤人六月寒。"您的一句良言，对您来说也许没什么，但我却会受益终生。就好似"听君一席话，胜读十年书"一样。

这句话，寄托了您对我的感情，也勾起了我对您的思念，更搭起了我们师生之间友谊的桥梁！您爱我，我同时也爱您。您加我为好友，但是我们却没再联系。我是多么的思念您呀！

那句话，早早地刻在我的心里，但那张纸，却早已不在。谢谢您，敬爱的亲爱的实习老师！

2010年10月

我记得每一家店的样子和树叶的年龄。我的脚印和自行车的轮辙，铺满了长顺街这条少城背脊的每一块方砖，还有宽窄巷子。

银杏狂欢

那个美丽的冬天，银杏叶飘落的季节，我和同学们一起去看了纷纷扬扬的银杏叶，黄色的银杏叶。

我们一行人冲向了银杏树，我和多多不紧不慢地走在后头。我坐在板凳上，聆听着树叶“沙沙”的响声。有一个男人用竹竿捅着银杏树，黄色的银杏叶纷飞下来。同学们七嘴八舌地嚷着：“下雨啦，下雪啦，下叶子啦！”看见大家那么幸福、快乐，我心中也同样充满了温暖。

转眼间，我们把目标移向了校门口的那株银杏树。同学们像狂欢一样，抓着银杏叶往其他人身上抛去，甚至把垃圾袋里的银杏叶统统给倒了出来。就连何老师也是受害者，被好些同学捉弄。

我也高兴起来了，和多多一起捡着银杏叶。这些银杏叶有的黄中带绿，有的绿中带黄，有的由外向内渲染，有的由内向外层层递进，片片不同，令人心情愉悦。我一共捡了六七片银杏叶，我最喜欢的是一片内绿外黄的，像颗爱心一样的叶子。

我没去抛叶子，而是静静地观赏着全局。我在银杏叶堆里散步，十分惬意。树叶的“沙沙”声配上同学们的欢呼声、笑闹声，更像是一种绝妙的交响乐。

十二分钟到了，大家恋恋不舍地离开了银杏树，每个同学手中都有一大捧银杏叶。冬天的银杏真美呀！我爱这个多姿多彩的世界，更爱那黄色的银杏叶！

2010年12月

我的倡议

游客朋友们:

成都有一座风景优美，历史文化底蕴丰厚的名胜古迹——武侯祠。它好像一位宽袍大袖的翩翩公子，青砖红瓦里透着神秘；它又似一棵茂密葱郁的参天古树，见证历史兴亡、岁月沧桑；它更像嵌在星空里的一轮明月，与众星群舞，独散柔和光芒。武侯祠里有两条长廊，分别是“文华”和“武英”，供着蜀汉各位大臣。

可是由于年代久远和保护不当，塑像上布满了灰尘，有的甚至有破损之处。它们立于一个个破碎的玻璃框里，旁边还有几个食品包装袋……

看着这毫无生气的塑像，心，不禁暗暗痛起来。我在思考，怎样才能让前人留下来的宝藏被好好珍藏呢?

亲爱的朋友们，这不是一个人的反思、醒悟就能改变的现状，而需要每一个武侯祠游客的努力。让我们一起品味武侯祠，领略武侯祠的悠久历史、丰富文化与优美风景吧!

春天，彩蝶在几簇迎春花丛里翩翩起舞；夏天，满池的荷花柔嫩粉红，让人怜惜；秋天，几棵参天银杏下铺满金叶；冬天，挺立松柏和傲雪梅花争放色彩。这样的景色，就不让你们沉醉吗？这些美景，如果有了垃圾，有了污物，就不会让你们痛心吗？还在乱扔垃圾，污染环境，破坏名胜的人们，收手吧，停止吧！这是个人的素质问题！如果你们还想拥有一个美丽的武侯祠，一个完整的武侯祠的话，请跟我一起做——

不乱扔垃圾，不破坏环境，人人献出一份力，保护美丽武侯祠!

我在此，发出倡议！

——期盼，得到你们的响应。

2011年3月20日

上图：汉字旗；下图：孔明像

如今的武侯祠经过修缮，文臣武将们已不是文中的陈旧样子了。

当了一次群众演员

生活中有许多令人意外的惊喜。有的悲伤，有的激动……我就来谈谈一件意外当演员的事儿吧。

往事如烟，岁月如梭，时间一下子就回到了五年级。当时，我爱上了骑自行车。我整天都在巷子里骑：放学骑，周末骑，写完作业骑。我欣赏着老巷子的红砖青瓦，从斑驳的墙上体会出岁月的痕迹；我聆听着小鸟儿的婉转歌声，从美妙的旋律里听出乡野的清新。

一次偶然的机会，妈妈竟准许我骑车上学。我兴奋了整整一天！放学经过老巷子时，一个大哥哥模样的人将我拦我了下来：“女孩，着急回家吗？协助我们拍场戏吧！”我？我一下子愣住了：“我……我……才五……五年级呀！”我蒙了，指指自己的鼻子，说话也结巴起来。那个大哥哥扶了扶黑框眼镜，笑着说：“五年级有什么？巾帼不让须眉，小孩子不让大人嘛！你就演一场吧！就是你骑车从演员面前走过，但不要看镜头。OK？”还没等我答应，大哥哥就给我分配了“任务”。我心想：“这一定是个骗局！”于是摇摇头。坐在地上的演员对我说：“女孩，我们都是东北人，在成都干摄影的。为了宣传不酒后驾车，我们特意在这儿拍一个小电影。你看，为了公益的好事，我还装作喝醉了酒躺在冰冰凉的地上呢！你很意外对吗？我们老好老好了！你就当为公益事业尽一份力吧！”我点点头，说：“哥哥，刚才我的确很意外。不过，你的话令我茅塞顿开。是的，我会协助你们拍摄，为公益事业尽一份力！”

也许我天生就不是当演员的料，但我还是认认真真地做好了准备。

“开始！”一个姐姐把手一挥，我摇摇晃晃地骑在颠簸不平的路上。“停！女孩，你看镜头了，下次争取过关，好吗？”我觉得挺对不住人家，他们给了我充分信任。我一定要好好演！自信就是力量，我真的过关了！“谢谢，真的谢谢你，女孩！对不起，让你意外了。但是为了公益事业，也值得！”我抬头看看蔚蓝的天空，笑了。

回忆起这件往事，心中依旧颇感意外，这一次“意外”令我振奋，令我感动，令我惊喜。希望我的生活中再多一点这种“意外”！

2011年3月

我的百宝箱

我有一个百宝箱，里面藏着旧时光。

旧时光是什么呵？是一封封信，是一段段情。我收藏着从小到大别人写给我的每一封信。信里或许有欢笑，有分享，或许有气愤，有委屈，或许有哭诉，有伤心，或许有疑问，还有一段段美好的情谊。

最早的一封信是一年级的同桌给我的，那个数学超级棒的男生。看着他那歪歪扭扭的字迹，以及那可爱的语气——“今天中午你为什么生气？我惹到你了吗？”想起便是一阵心酸：许久不见，友情已沧海桑田。

还有浅殁给我的几十封！有的是质问，有的是倾诉，一笔一画，都匿着黯然。我总不忍心去碰，一碰，便是她的心碎，我的神伤。

……

这个百宝箱，我收藏在家中。

我还有一个百宝箱，里面藏着软金矿。

软金矿是什么呵？是唐诗的骄傲凛然、磅礴大气；是宋词的温软娇艳、疏懒缠绵；是汉诗的寂静回响、绮丽多姿；是林徽因的四月天里亲吻我的无边春色。我收藏着李太白那“举杯邀明月，对影成三人”的莫名惆怅；也收藏着南唐后主那“故国不堪回首月明中”的凄苦悲凉；还收藏着李延年那“佳人难再得”的感叹惋惜；更收藏了林徽因那“心中永不灭的莲灯”。

不仅如此，我最珍藏的是自己的诗词。有“袖舞推翻白玉倾”的朦胧美感；有“苇尖珠落缠舌鲜”的灵动活泼；也有“雨落花欲谢，堪折只流珠”的凄凉寂静；还有“日昃光影变，疏松大院清”的温暖恬淡。

……

这个百宝箱，我收藏在心里。

这两个百宝箱，一为情，二为趣，相辅相成，情趣盎然。它们，我的收藏，共同绽放我生命的光芒。

2012年11月13日

成都市树银杏，摄于四川省诗书画院院内

风雨无阻送报人

我的姨妈负责送《华西都市报》和《天府早报》已经十年有余了。无论是炎炎烈日，还是狂风暴雨，她始终骑着一辆小小的电动车，拖着一堆很重的报纸，奔波在城市喧嚣的大马路上。

有一次，风雨交加、电闪雷鸣，轰轰的暴雨还没有前兆就来了。姨妈连忙把车停在路边，用雨衣将报纸细细地裹好，没有因为着急而手忙脚乱。这时才凌晨四点半，寒风刺骨，但姨妈身上御寒的衣物很少，雨衣也拿去包裹报纸了。

五点钟，姨妈终于到了订报人的家。她战抖着双手，用钥匙打开报箱的门将报纸塞了进去。报纸完好无损，但姨妈却因受寒而生病……当她准备回家时，立在墙边的玻璃发出咚的一声，倒下来了。

姨妈一阵晕眩，头上立即出了个大包，还流了血，就连腰也闪了。她就像喝醉酒一般昏沉，但依旧选择了坚持，慢慢地回家了。回家时已经十时有余，太阳都露出微笑很久了。我慌忙泡了一杯热茶，递给姨妈。我仿佛看见她的皱纹更深了，可脸上却露出舒心的微笑，而且还自豪地讲述她送出了完好无损的报纸的故事。

我的姨妈，你为什么总是那么劳累？

想到姨妈送报纸的行动还会继续，无论刮风，还是下雨，于是，我给姨妈写下如下颁奖词：

为送报纸鬓角白，无论风雨总是来。

抛弃一切劳与累，最是可敬送报人。

2010年3月

编织梦想　走进中学

“日月光华，旦复旦兮”；薇薇小苗，日升月挺。参观光华，小初衔接；编织梦想，走进中学。2011年4月21日，我们泡小六年级同学在老师的带领下来到了成都市树德中学光华校区参观。

中学，对于一个小学生来说，是多么的神秘，又是多么的期待啊！可是这期待中，又多多少少地隐藏了些不安。阳台上的绿苗，迷茫着，就像我一样，阳光的暴晒，风雨的袭击，都不怕，就只怕走错了路。心中渴望有一盏明灯，为我指引方向。

树德中学光华校区是新近创立的校区，今年六月份会出第一批初中毕业生。有很多泡桐树小学的学生都想在这里读书，包括我的好朋友雨菲。妈妈也想让我读这个学校，因为这里离我新家近，也可以住校，进一步培养我的生活自理能力。正巧有这个机会，我抱着参观与考察的想法，走进光华校区。

光华校区好大呀！一到了门口感觉耳目一新。两旁仪仗队的同学们向我们鞠躬，面带微笑地对我们表示欢迎。我们的神情便有些不自然起来，有点不好意思。不过还是参观校园的好奇心占了上风，人人都开始细细地欣赏美丽的校园风光。确实是“日月光华，旦复旦兮”啊！在日光的衬托下，光华校区变得更加有魅力，更加妖娆、有风姿了。光华校区有两幢教学楼、四幢宿舍楼、一个食堂以及一些我尚未了解的建筑。大楼的外墙与泡小那是截然不同：泡小的外墙由三种不同的蓝色与嫩黄色组成；而光华校区则是干干净净的白色和明亮的暖橙色。

比较之下，我觉得初中的校服要成熟些，初中的老师要严格些，初中的生活要紧张些，初中的食堂要方便些……

本来还想写一些的，但是也不知道写什么好了。

然后，就算了罢。

期待吧……

附 记：

距离本文写作又过了一年。

翻阅着一年前写下的文字，回想着这小升初的风云，觉得有点好笑。我把我的小升初的有趣故事讲给大家听听吧。

2011年5月的一天，我很早很早就起了床去“赶考”。第一天是考实外，第二天考成外。过了十几天知道了成绩：实外语文98分（算很高的了，哈哈），数学就不说了，差4分上线；成外的分数我记不清楚了，后来我听小道消息说成外的老师没改语文试卷，只是大概给了一个60多。我的小心脏稍稍平衡了一下。

两次失利让我心中有些紧张，只有靠摇号保底了。我不禁在心底暗自祈祷，让文曲星保佑我去读石室联中吧！

接着是市上的摇号，有四所中学可供报名：树德外国语、树德光华、七中高新、石室北湖。我妈妈本来是想让我报树德光华的名，但又被我爸爸怂恿去树德外国语面试，说是树德外国语多了一道面试门槛，会先刷掉一些人，通过面试再摇号，机会要大得多。结果呢？我的面试倒是顺利通过了，但在摇号时却很遗憾地落选了。树德光华是15个里面摇出1个，而树德外国语是在1.6个里面摇1个，我很清楚地记得我那时哭了九场，口头禅都变成了“我就是那悲惨的0.6”。

再后来呢，我们一家对参加区上的摇号不抱特别大的希望，就准备在新家附近找个学校读算了。然而，我竟然摇进了石室联中！当时我在庐山，正好在险峰——毛主席当年留影的地方。爸爸的朋友打电话来告知并道喜。我那时把所有希望都压在了准备去读的那所学校，结果得知进了石室联中，居然大哭了一场。哈哈，现在想来真是可笑极了！

然而我还是收拾好了心情。在下山的路上，我和爸爸一直在讨论究竟是毛主席还是文曲星保佑了我的问题。

2012年6月

我的朱老师

办公室与教室仅一墙之隔，走廊至多也只有五六米。老师们的脚步声听起来总是分外令人心惊。王老师走路时总是传来戒尺啪啪的拍击声，刘老师走路时总是不停拨弄着他的扩音器，而某一个不认识的女老师走过，高跟鞋敲击地面的咚咚声清脆有力。但让人闻风丧胆的脚步声有且只有一种——朱老师的钥匙声。

上课铃又不知疲倦地响了。值日生赶忙上前擦黑板，接着又三步并作两步，惊慌失措地跑回来。所有同学都像寒蝉一样噤了声，摆正椅子，系好红领巾，正襟危坐。只因为：朱老师的钥匙声响了啊！

“嘎吱”一声，朱老师推开门，不紧不慢地走进教室，往同学们身上扫了几眼。正在拿语文书的某位可怜的同学被朱老师那一双尖利的眼睛盯上了。朱老师微微往前迈了一步，放下了语文书，漫不经心地朝那位同学走去。那只“小羊”不断用他的“双蹄”在胸前画着十字，可面前那只“大灰狼”已经伸出了锋利的“前爪”，蓄势待发……只听得“啊——哦——”，不对，应该是“咩”一声，那只“小羊”已经憋红了脸。终于，所有同学再也忍不住浑身的笑意，哄笑声划破了寂静的空气，教室里的气温一下子升了八度。

“上课！”朱老师敛了笑容，在教室里来回走着。钥匙声、笑声，溢满整整一堂语文课。

被那一挥手照亮

天灰蒙蒙的。

桌上，有刚发的试卷；室内，有嘈杂的人声；窗外，是凝聚、久而不散的雾霾。我仿佛被强逼着塞进一块冰冷的生铁，在胃里肆虐灼烧，双眼漫布青黑。一袭灰暗笼罩在心头。

借来手机，本想只给爸爸发几句牢骚，谁知他竟开明地允我早退。

一会儿，朱老师走进来，俯身在我耳边说："你爸说有事让你回家。有什么事？"

我听见了心脏在胸腔中剧烈跳动如战鼓擂，感觉到了异样的臊红爬上脸颊。我退无可退，只得支支吾吾地答道："我……我不想考试了。"这声音，细若蚊声。

然后我就推着车，站在这天桥上。脚下是呼啸疾驶的汽车，身旁无数衣袂带风而过。我穿着校服，与周遭一切格格不入。

我突然领会到，现代都市人的寂寞与灰暗，不在于茅屋为秋风所破的寒冷，而在于花花世界中用体温慰藉的温暖；也不在于庙堂枯坐、独倚危楼拍遍阑干，不在于等候鸿雁传书鱼传尺素、花开花谢云卷云舒，而在于用十一个数字就可以解决思念，然后曲终人散、人走茶凉，世界陷入无尽黑暗。

我像一头牛，被考试的绳子牵扯进市场，只等买家一挥手，就被宰杀。

但是我怎么能不被朱老师的那一挥手照亮？！

当我被门卫拦下，五个魁梧大汉团团围住不让我出校门时，我看到了站在四楼上的朱老师。但我不敢看他的眼睛，因为愧疚，也因为刚才在他的注视下硬着头皮收拾半天书包，压抑得难受。我忘不了上次考砸，在灰暗的走廊中他萧瑟寥落的背影，点燃香烟的手一挥，将打火机扔进办公室门口的垃圾桶。那一挥手，扔掉了火机，留下了火种，也引燃了我心底最柔软的角落。愧疚的思绪在我的皮肉里肆无忌惮地游走，直到将浑身气力化为虚无。

现在也是如斯感觉。但我侧着身子，余光瞄到朱老师朝门卫们挥挥手，好像油画中仁慈的圣人，背后是柔和的光芒。一挥手，挥亮了我的心头。接着便是初时之景，在天桥上，尽管两腿发软，尽管格格不入，但那灰蒙蒙的天，仿佛正在被那一挥手照亮。

第二天一早，我在楼梯口碰到了朱老师。他朝我挥挥手，我走过去，真挚而恭敬地喊了一句："老师好！"他微笑着，脸上并没有埋怨不悦，却只有宽容与关爱。我也朝他挥挥手，一声"谢谢"脱口而出。

天还没大亮，但隐约可以看出，今天不会灰蒙蒙。

我的梦想，如花

我的梦想什么都不像。如果非要冠之一个名号的话，那就像花吧。姑且称它为“如花美梦”好了。

我的梦想，如迎春。它引来了蜜蜂，引来了彩蝶，更引来了春天。它就像一个天使，服务人间。

我的梦想，如蔷薇。它用长长的藤、尖尖的刺来展示美丽；它用温柔的粉、热情的红来亮出自己。

我的梦想，如海棠。它委婉，它自信，它也高傲。它不懂得争奇斗艳，只会自强、自爱，孤芳自赏。

我的梦想，如清荷。它努力，它坚韧，它纯洁。荷叶爱它，小鱼爱它，淙淙的小溪也爱它。但它毫不任性，毫不自满。

我的梦想，如睡莲。它似荷，却又不是荷。虽然它只会慵懒地躺在水面上，但它的内心在不断充实，不断成长。

我的梦想，如牡丹。外表华丽，内心亦如此。它有实力、有资本来炫耀，而成功背后是不为人知的辛酸。

我的梦想，如茉莉。它努力不让自己被人们忘记，努力在世间留下自己的痕迹，努力让幸福永留心底。

我的梦想，如玫瑰。它虽然会用骇人的刺来包裹自己，但它的内心始终是温暖的、柔嫩的。

我的梦想，如秋菊。金黄、粉红、嫩白……多彩的颜色就像我那斑斓的梦想，吸收这天地之灵气。

我的梦想，如紫兰。梅、兰、竹、菊四君子中，兰花便是最优雅的一位了。它香气神秘，但内心坦诚，那几丝真挚而热情的蕊更是令人心驰神往。

我的梦想，如腊梅。天寒亦能傲立，清气能满乾坤。淡雅芬芳奉献世界，只留白雪覆盖其身。

……

你应该知道，我的梦想是“如花美梦”了吧。有花般的芬芳，有花般的高傲，更有花般的努力呀！

如花美眷，似水流年。

我的梦想，如花……

你是我身边最美的荷花

——学校感恩周活动给朋友的信

欣瑜：

“制芰荷以为衣兮，集芙蓉以为裳。不吾知其亦已兮，苟余情其信芳！”屈原在《离骚》中把自己喻为荷花。我虽然喜欢荷花，却羞愧，我并不像它。可在我身边，这最真挚的朋友，你是我身边最美的荷花。

友好，勇敢，值得我感恩。

那次去赏荷，是暮春。荷花还是蓓蕾，娇滴滴地披着晨露。我不禁想起了你。我们本是这世上永不相交的两条平行线，可我庆幸，上天让我拥有了你这个朋友。

每一次入学，迎接我们的都是军训。烈日炎炎，小虫也颇多。一个略带闷热的早晨，我一醒来就感觉右小腿上痛痒难忍。我满心焦虑：出来军训没带药，离回家也还有三天。可瞧着小腿上一片红肿……这时，你过来了，细细地察看着我的小腿。“这是隐翅虫留下的伤口，被它咬过的地方会痛痒难耐。我这里有碘伏可以给你消消毒，再等一两个星期吧。放心，没事的。”你的声音平静又淡然，关切中带着友好。你就是一朵新荷，让每一个人都沉浸在你友情的香气中，让我感恩。

盛夏的荷花与暮春的截然不同。它们肆意、奔放、热烈地绽放着，铺霞叠锦，流光溢彩。它们面对夏日那突然而至的狂风骤雨，依旧傲然挺立，勇敢地捍卫自己。你，不也是这样么？

你是班长，亦是识大体之人、勇敢之人。那次班上排练节目，很多人都没有进入状态，懒懒散散。放眼望去，有的趴在桌子上，有的写着作业，有的还偷偷往嘴里塞东西吃。整个班级活像一群被关在动物园的狼，既没有活力，又没有生气。你一下子勃然大怒，数落起大家："这是比赛，我们一定要拿一等奖。可是如果没有背后的努力与汗水，我们凭什么拿第一？而你们呢？却都没有尽心尽力。我们都是这个班的一份子，也应该为它奉献最好的自己！今天必须练好，如果没有达到目标，那么大家都别想回家！"当你吼到最后一句时，嗓子都哑了。我都明显感觉到，这荷花的花瓣正随着它的脉络渐渐破碎。事后，我听见班上有人在埋怨你，说这有必要吗。我去安慰你，你却摆摆手，说没事。我心里那朵美丽娇艳的荷花又重新恢复原貌，暗暗赞叹：你连班上同学对你的埋怨都可以放下。不，这是勇敢地面对！你为班集体的建设付出了太多太多，我怎能够不感恩？

荷花被誉为"神花""救命花"，受到古时人民膜拜，现在又广受喜爱。你也是荷花，娇艳欲滴，不可方物；友好温暖，勇敢坚强。究竟是荷花，还是你？或许，本都是你，让我感恩。

是的，感恩。

2011年11月11日

风景就在身边

对于诗人，大漠孤烟、塞北飞雪才是风景；对于演员，镁光灯闪、粉丝相随才是风景；对于学生，金榜题名、状元高中才是一幅胜景。

诚然，我也有过这样一个梦。

因此，有一段时间，天天循环播放着黄梅戏《女附马》的经典唱段："我也曾赴过琼林宴，我也曾打马御街前……"因为戏词寓意美好，便天天在被窝里做着高中状元的黄粱美梦。从此，"春风得意马蹄疾，一日看尽长安花"，便定格在我心中，成为了无法湮灭的风景。

然而，状元哪里是那么容易当的？

美梦过后，风景过后，又必须面对残酷的现实。试卷上一把又一把鲜艳的红叉，昭示着与状元之位渐行渐远。小学同学会，看着他们互相攀比成绩，看着又在惊呼声中收获艳羡目光的一个又一个学霸，除了苦涩与嫉妒，心中还有疑惑：为什么我总是成不了一道风景呢？

戏台上的人儿，中状元，着红袍，帽插宫花直道好新鲜。终究是戏，状元只有一个，在现实社会中，在冰冷的对决中，在残酷的竞争中，并非人人都有均等的机会成为最优秀的那一位。人生不如意之事十之八九，唉，我告诫自己，还是直面现实吧。

突然，我想到，状元只有一个人，但风景人人都可以拥有。冯素贞的结局是与多情的李公子夫妻恩爱花好月儿圆，而我们，普普通通的中学生，也可以幸福而充实地活完一辈子。

人生的路不止一条，风景也不仅在此一处。幡然醒悟：何必去争夺那一个状元？我和朋友们一起奋斗，一起拼搏，俨然一道靓丽的风景线。

风景就在身边。

良辰美景奈何天

今天是在石室联中有作业的最后一天。

本来我以为，我会为即将来临的离别而悲戚，或是为中考的迫在眉睫而忧心忡忡。

可是我没有。

只是我觉得，应该认认真真做一次作业。怀着敬畏之心，虔诚地去完成它。

今天很感动。七中一男一女两个学霸过来看我。四点过就来了，一直等我到放学，接近三个小时。他们带来了好多消息。比如某某学生上课就像自习；去年中考状元——数学满分那位——现在成绩还没有男学霸好了；女学霸在米歇尔去七中演讲时坐在第一排，还握了她的手……凡此种种，都是七中学霸们的快乐生活。

今天七中放得早，但只有他们俩回了联中，仅仅是为了看我、鼓励我努力中考（顺便想要“哄骗”我去考七中）。不能说不受触动。

就是这样。我爱我的学校，我爱我的家人，我爱我的朋友，我爱在初中给我带来过幸福与快乐的所有老师同学。更不能忘的是，朱老师的女儿今年高考，他却还要在高考前一天给我们开家长会；他的女儿高考当日，朱老师不仅不能接送陪伴，还要给学生补课；William的女儿也才出生不久，还需要爸爸每天的照顾；张老的女儿又面临就业压力……但是，他们都坚持站在讲台上。是为了奖金吗？不，三个班，才一千三百块。

我们曾经一次又一次使他们失望。还有爸爸妈妈，与我共同学习，一起成长。虽然爸爸还不知道中考满分是多少，我在几月几号考试，但是他给予我最大的支持。还有妈妈，每天做好吃的，每天陪我监督我，默默承受着我因所谓“心情不好”而激发的怒火。

我还得谢谢京剧和昆曲，还有伶歌和评弹，它们总能使我在浮躁时镇定下来。《牡丹亭》里所述：锦屏人忒看得这韶光贱。我不是锦屏人，看不得这韶光贱，但是在书桌前、操场上，我看到了良辰美景奈何天。

石室联中坐落在陕西街，离天府广场很近。我常去广场边上“城市之心”天府书城。我喜欢联中金黄的银杏叶子和书城里窈窈的安静。

回　顾

我很多年没有碰空间了。至少……四年没写日志了。

在屏幕上按，感受振动，和在纸上写，感受指关节的酸麻，真的很不同。初中过了一年，第一次月考也考完了，能偷得浮生半日，也算是幸事一件。

给自己的这一年做个回顾，也挺好。

成绩。

才意识到，佼佼者真心不少。悲愤啊，学得有点苦就是了。整天腻在一起的朋友，也有了几个。都是些成绩暴好的娃，不晓得她们是怎么学的。好怀念小学把所有事情都推到超哥身上的日子，什么事情都不用干，耍就是了。现在当了组长，要打电话、辅导、写小组日记，还有一堆烂事情。唉……当个组长真的很苦恼啊！

心理。

刚进校的时候，感觉自己好渺小好渺小，仰望文学社一堆人，很幸福。没有月考，没有紧张，每天都特别愉快，希望一直上课，不要放假。现在却认为能有一个周末是多么的自由。反正只用补一补数学，打死都不上语文。哈哈。那初三呢？我很惶恐。惶恐……

还有……呃，不晓得还有啥子了。说一下我的爱好吧。

什么京剧啊、诗词啊、游泳啊那些杂七杂八的我就懒得说了。主要是二课堂，亲爱的向老让我深深地喜欢上了法律。但是只有初一一年的一周一次课，现在都没有了，就自己在看《六五普法》，没人讲解，看得很痛苦啊，又不甘心放弃，就找时间翻一翻，当工具书了。诗么，还是在写，有点进步了，就是首联总是押仄韵，改不过来了。

嗯，坏习惯，还是要改（但我万一哪天成了大家，首联押仄韵不就变成风格了。哈哈）。填了半片破阵子，下半片填不出来，跟河东君一比那是天壤之别哦。加油，还要再加油。慢慢现在有点喜欢豫剧了，特别是穆桂英挂帅，那种口音让人很舒服，很舒畅。但是京剧还是经典啊，《游龙戏凤》听了几遍了，还是特别爱。现在学校每学期都有集邮展，每次都留恋哪，只开三四天，气死了……

就上个月，买了几年来第一条牛仔裤。有家古着站的衣服比较适合我，就在北区和南区之间，还蛮实惠。

吼吼，今天说了好多，当把四年的都补起了哈。拜拜，俺出去耍了。

回顾。

回见。

2012年10月

由一个口罩开始的——

以后三年，上学的路便是完全不同的方向。从今起我是树德人了，但我心中有一块柔软地，永远装着石室联中，装着我们班的男生女生，装着每一位老师，装着那条我骑行了三年的路。

昨天赴约，坐公交车路过石室中学，突然想起上周收拾书桌时跟妈妈的一番对话——

“妈，这个口罩还要不要？”

“随便你。”

“留着吧。冬天上学骑车的时候可以用。”

“但你以后不骑车了呀！”

心里突然一抽一抽地疼。

打开衣柜，有一个大袋子里满满地装着冬天骑车用的手套、帽子、围巾、口罩。

可是以后我再也不用骑车上学了呀。

也许我再也不会在清晨七点二十出发，一边想着我快迟到了一边奋力蹬车；也许我再也不会在家门口差点撞上刘洋，再也不会在商业街梧桐树下碰见杨赵，或者是他匆匆而去的背影；也许我再也不会在人民公园那个路口碰上子梦或是紫莹，也不会在那段每天随大流危险逆行的路上与黄诚晟相向而行。

我还记得，每一次迟到只要在朱老师面前哭一场，他就不会骂我，虽然我还是会乖乖地交上“一千五”；我还记得，校门口守车的阿姨托我买胶带，因为我每天跟她打招呼所以七点过后的停车费会少收我五毛，虽然我还是执意交了；我还记得，每次早放学都会送菲

菲上她爸妈的车，或者陪她等，有一次等得太久没给我妈说，回家还被批了一顿；我还记得那次帮我妈买糖油果子，妈妈非要再给菲菲买一串；我还记得，每次放学买笔的时候都要让紫莹等我陪我，私心里是很不好意思的；我还记得，毕业之前，每天下午等小川和子梦吃东西，最终的结局就是和他们一起吃了起来。

当然也有糗事。比如在Seven Eleven店门口，紫莹把我撞翻在地，我愣愣地坐在地上看着刘洋他们几个在便利店门口吃饭团。然后我火速地拍拍屁股骑车离开，那次真的摔疼了。

我骑车上学，美其名曰是为了自己掌控自己，因为一旦迟到了，我就不能怪别人。这个观点是明显不对的，因为我“六一”那天八点半才到学校绝对是因为我妈没喊我，所以是美其名曰。其实，我只是不知道赶哪一路车去学校最近罢了。毕业典礼那天，我们赶车回家，突然发现，那一路车真的好近，从学校，直达新城市广场。

果然我是后知后觉。

马上开学，我才突然有了毕业的情绪。

我还是忘不了，那些可爱的微笑。

还有好多好多回忆，真的不想写下来了。写下来，就会情不自禁流下眼泪。

正如昨天我和彬彬说的，我们要努力，追求心灵的默契。

2014年8月16日

致好友

今天你半期考完了，我想，你应该能看到它了。于是我发出来。

是不是离开太久了，最近开始想你。

上对联课，有人在黑板上写“千年石室”，突然就想到你了，还有朋友们。

树德的校园比联中大多了，银杏树也更多，但是那叶子，始终没有联中的黄得美，黄得繁茂。我也没有兴致去拾起一两片黄叶，写上祝福的话，做成书签，送给某某。

真的是，好久没见到你了。

在这里，没有人会摘下樱花插在我的头发上，没有人会带我去看银杏，没有人会送给我一张用不知名花草做的书签，没有人会郑重地递给我写在银杏叶上的励志箴言，没有人在体考前每天帮我压韧带，没有人拉着我去网购松糕鞋，没有人陪我穿着松糕鞋打羽毛球，没有人教我唱老妖的《一醉南柯》，没有人教我怎么做板报，没有人给我炒蛋炒饭，没有人在我耳边念叨“流云墨”这个名字，没有人跟我说《华胥引》究竟有多虐，没有人跟我争论究竟是夜华更好还是东华更好，没有人要跟我互换看对方写的小说，没有人拉着我看伊吹五月的画册，没有人邀请我去高升桥那个书店，没有人再在马路上和我偶遇，没有人给我悄悄摆自己喜欢的人，没有人跟我讨论生命怎么才最有意义，没有人跟我一起整理学籍卡，没有人跟我一起批改语文试卷，没有人跟我一起指着教学楼怒骂前途一片灰暗，没有人从后面抱住我，说，子芮，我好喜欢你。

我们是不是走得太远？

可是我好想走得离你近一点。

11月过生日的小伙伴太多了，我总是记不住谁对应哪一天。为什么偏偏深深地记住了你的生日呢？也许是三年前军训的时候你替我看伤涂药请假的时候，也许是你每一次拉着我去看成绩的时候，也许是你用明媚阳光霸气的笑容和性格感染我的时候，我就记住了吧。

今天是你的生日，感恩节也刚过。三年前学校感恩周的时候，我写的是你。前不久这篇文章获了“中国梦”征文三等奖，还有五百块奖金。每一周我去市图书馆自习，路过石室的大门，我都在想，你什么时候能从那里走出来，我带着你去吃好吃的，用我的奖金。还记得你欠了我一本书吗？我希望永远欠着吧，这样下次约你去书城的时候，还可以名正言顺。社团招新的时候，学姐说石室的街舞团要来外交。我满心期待你能来，却等来一场空。

你写给我的福字，现在还贴在冰箱门上。你是否还记得当初的誓言？七中月考作文题目是《当时只道是寻常》，我不可抑制地又想到你。“转身一缕冷香远，来世你度我可愿？”记得我怎么回答你的吗？“夜半钟声起，临度亦不惧。”希望，还算数吧。

你过生日，我无法为你送去礼物，抱歉。上语文课的时候，有一副很好的对联，我改了改，权当礼物赠与你吧。

百年树德，树德先树人，育英广才，延蜀中佳话；

千载石室，石室先石基，筑屋造梁，就东方奇谭。

寂静的夜里，现在，我终于可以掩面而泣，我好想你，好想你。

愿君一世安。

2014年11月28日

三年，再回首

亲爱的海棠：

二月二，龙抬头。绿意小径边，你正笑得美艳。我在教室里半梦半醒日复日，你在流转里花开花谢年复年。

金黄的蕊，虬曲的枝，你似乎从未改变。但我已分不清今天绽放的是否在昨日盛开，而明日欢笑的是否会葬了所有的情怀。你就在那里守望，见证着我三年的成长、幸福或沦丧。

啊，这一叠海棠花笺！

再回首，忆起一叠花笺。在海棠盛开的时节，和挚友学着薛涛制花笺。一首又一首小令，一次又一次唱和，一篇又一篇九张机，记录着对人世最初的记忆和认知。随着挚友远去美国，再无音讯，便像黛玉一般焚稿葬花，空留下一叠花笺，如锦上浮灰。

啊，这一堆海棠花事！

再回首，忆起一堆照片。在海棠盛开的时节，和诤友在树下赏花。一次又一次对焦，一页又一页微笑，一本又一本照片集，记录着对未来最美好的畅想。一起学习、一起奋斗、互相勉励，如马克思和恩格斯一般志同道合。却不知怎的，如今逐渐疏远了。但每次相逢，都会相视一笑莫逆于心，如海棠花叶般默契。

啊，这一朵俏丽海棠！

再回首，忆起一朵海棠。在海棠盛开的时节，和密友在树下交心。天文地理、历史时政，我们总是无所不谈。总记得她摘下一朵俏丽海棠，别在我的发间，用那一点一滴的温暖霁红装点平凡的青春。如今，又将迎来分别，心中不肯揭开这块伤疤，总贪恋着、奢求着，却无法抵抗即将席卷而来的物是人非。

海棠，亲爱的海棠。三年之期将到，我却无法与你续约。我再回首，看着你在乍暖还寒的春风中唱着骊歌。你将见证下一位赏花人的三年，我却永远不能回到这三年。

你笑了，告诉我，再回首，三年的甜蜜将充斥所有记忆。我笑了，看着你，我心中满是感激与幸福。

再回首，海棠，愿你替我珍藏这三年！

一位深爱你的赏花人

杜甫草堂盛开的海棠

第二辑

裘马清狂少年游

▲

朱砂梅红了千年，只为染透这苍白的岁月。
今年落了，来年又开，一层一层，反复浸染，
终于成了历史这巨幅油画上浓得化不开的中国红。

一园蜀梅

每年除夕，我都会去草堂的梅园赏梅。除夕的午后，游人极少。那繁茂的红梅就从月洞门里向外张望，脸上挂着赧然的微笑。

梅花似乎是以江南为最。昔日荣氏兄弟在无锡辟园植梅。朱、翠、墨、白，婆娑姿态，各有千秋。就连龚自珍笔下的虬曲病梅也染上了江南独有的烟雨气息。

但事实也不尽然。

“花径不曾缘客扫，蓬门今始为君开。”待花郎扫除花径，折而向西，越水槛，穿月洞门，便是成都杜甫草堂的梅园了。每年除夕，我都会独自一人去草堂的梅园赏梅。由着秦岭做屏障，成都少雪，即便在严冬亦然。踏雪寻梅这种诗意之事固不可得，但在月洞门外，便已远闻清馥。更何况月洞门造型取材于圆月，自成一绝妙的取景框。除夕的午后，游人极少，那繁茂的红梅就从月洞门里向外张望，脸上挂着赧然的微笑。

穿门而入，终于进得园来。转圜一周，衣袂沾香。梅树植根于脚下肥沃的土壤，长得高大威武，丝毫不似盆栽中造型奇巧却拘泥的梅。树树梅花各不同，或如红衣少女蹁跹起舞，或如白面郎君竹笛横吹，或如锦裘公子踏花舞剑。我仰头。许多个小小的五瓣，清丽又娇嫩，但当它们聚集在一起时，却显出一种令人叹为观止的磅礴大气。在严冬，这种磅礴又附带着不屈不挠的坚韧和抗争到底的决心。它们怀揣着一腔纵然在寒风中也依旧沸腾的热血。我伸手覆上梅树虬曲的树干，惊喜地感受到一种炽热的气息。谁说花不语？它如今正明明白白地告诉我，它要斗争啦！它要腾飞啦！它要燃烧啦！杜工部曾道：“绝知春意好，最奈客愁何。”再愁的游子，见着这些昂首微笑的梅花，也必会豁然开朗吧。

还是红梅居多。红梅，朱砂梅，灿烂又热烈，傲然又澎湃，像英气逼人的女子额间的一点朱砂，也像少陵野老胸中的一腔热血。从“放荡齐赵间，裘马颇清狂”的少年冶游，到“三月三日天气新，长安水边多丽人”的长安见闻；从“国破山河在，城春草木深”的战乱流离，到“大庇天下寒士俱欢颜”的漂泊西南。无论是困苦悲辛，还是暂时安定，杜工部始终热爱祖国，热爱人民，嫉恶如仇，上敢揭露朝廷腐败、社会黑暗，下愿为解救百姓而牺牲自我。

梅花从不是娇气柔弱的花，她执意选择这个冷寂的季节，愈冰寒，她便愈精神；愈是风骤，她便愈傲气不衰。

有人说，江南的梅是一个消瘦的男子。绝不丰盈，一点也不。梅有一种凄苦和伤感，然后孤绝而清寂地，在箫或埙的声音里，孤单地老去了。

陆游有诗云，“一树梅花一放翁”，清丽、淡雅，这是惯写江南之笔。但陆游也曾描写过蜀梅“二十里中香不断，青羊宫到浣花溪”。那不正是千年前草堂的梅吗？梅呀，绽放得热烈，酣畅淋漓。蜀梅绝不甘心于孤单地老去，它要灿烂地活，更要绚丽地死！

朱砂梅红了千年，只为染透这苍白的岁月。今年落了，来年又开，一层一层，反复浸染，终于成了历史这巨幅油画上浓得化不开的中国红。

如今的草堂，再不是破纸迎风、坏槛当潮，不会落得人目断魂销；如今的梅园，已是粉墙花影自重重，帘卷红梅水殿风。

蜀地之梅较江南之梅，虽少了傲世的孤绝，却多了澎湃的热血和悲天悯人的大情怀。

我想，我是喜欢梅的。

云横秦岭家何在

2016年春节，我与父母和好友谦谦两家人踏上了自驾三国之旅。这次是我随父母三上广元两去西安。从成都汉昭烈庙出发，到绵阳瞻仰恭侯蒋琬墓，剑门关怀姜维，昭化拜敬侯祠（费祎）。然后，毫不费力就穿越秦岭到了诸葛丞相一生都念念不忘的长安，今日的西安。看了陕西博物馆的唐代壁画，半坡的先民遗迹，法门寺的蹙金绣，最后西向咸阳过宝鸡（陈仓），南折到勉县，拜谒了最正宗的武侯祠墓、马超墓，登上了赫赫有名的定军山，感受了一下古战场的气息。回来写下这些文字。

家何在？

我不知道。

我寻找了一路，困顿了一路，悲伤了一路，嗟叹了一路。

长安，陈仓，定军山……我以为能看见故人的音容笑貌，结果经过千年涤荡，残存的不过是地名罢了。

（一）

从成都，一路北上，翻越大巴山脉就是汉水谷地，再往北，就是秦岭了，过了秦岭，很快就到了西安。

听说，下大雪的时候，时间会倒退，北京会变成北平，南京会变成建康，重庆会变成渝州，西安会变成长安……但是到西安时，阳光正好，一件衬衣、一件大衣，足以应付。这里的年味足得令人诟病，红红的大灯笼挂了满城，司机行人统统看不见红灯。在红色的天桥上走着，走到赛格广场，觉得和成都的银石广场别无二致，应当是市中心了吧？但是出租车司机载着你，告诉你，你还没进城。沿长安路一直龟速爬行到城墙根底下，好了，他给你说，你终于到了长安的城门。

西安是一位儒雅的学士，但也武艺不凡。他的手指上得有金戒指玉扳指，虽然破落了，总归还是有钱的。长袍必须用鲜血凝固后的惨红色的丝绸裁剪，衬着鬓间一二缕白发，竟然隐隐透出一种诡异的性感。如果能轻轻吻上他的唇，他的味道应当浑厚而微凉。

心底一片苍凉，一片惊惶。

血的颜色真的很好看，不同时间有不同的光泽。但总不长久，渗到黄土地里，很快就干涸了，再被风一吹，沙子很快就把余温掩盖了。没有了。武则天下旨将她的孙子孙女懿德太子永泰公主活活杖杀，那些血迹，不也很快就没有了吗？倒是向东几十里外的半坡遗址，还有完整的尸骸遗留下来，不知名不知姓。这些本该灰白的骨头被黄沙覆着，似乎将黄种人的血脉烙进了骨子里。它们听话地躺在灯光下，毫无阴森的感觉。乾陵这几座陪葬墓的壁画精美绝伦，从墙上切割下来运到博物馆，好像都还活着。十九岁的少年和十七岁的少女啊，只有在黄泉地下向你们的奶奶告个饶了。

长安长安，长久的安宁。我莫名喜欢这个词，读起来唇齿生香。它更像一个沉甸甸的承诺，但是承诺常常会化作泡影。许一世长安——幕落散场，夜深人静之时，突然惊醒，发觉这句话不过是一场迷离的春梦。如血残月升，骤起猎猎风。

离开西安的第二天，西安就下起了大雪。看来，是我与长安无缘。

（二）

明修栈道，暗度陈仓。我实在不明白，陈仓，这么有嚼劲的一个词语，为什么会改叫宝鸡，多俗气。肃宗改名时，只盼着大唐恢复元气，国富民强。其实中唐也是很繁荣的，但盛唐气势太过汹汹，总让人有种错觉：安史之乱之后唐王朝便一蹶不振。大唐国祚到底还是又传了一百多年啊。然而到了晚唐时期，形势是真的严峻了，可遭受致命性打击的不是政治也不是经济，而是佛教。

印度阿育王将释迦牟尼佛的真身舍利分成八万四千份散于世界各地，中国分得十九份。由于靠近都城，唐人又笃信佛教，所以法门寺的地位一度非常崇高，甚至出现了八帝六迎的豪举。

有宗教信仰究竟好不好，很难说，我只知道宗教狂热会让社会疯狂，如果统治者也耽于宗教，后果不堪设想。

也有清醒的人，举一个我们熟悉的例子，韩愈。

韩愈进谏时，正是佛教兴盛之时，他的尖锐言论惹怒了宪宗，被贬为潮州刺史。韩愈的《谏迎佛骨表》被贴在法门寺博物馆里，至今仍在控诉那一段疯狂的历史。

每一段历史都是有颜色的，殷商之前，是甲骨的灰白色；春秋战国，是锈迹斑驳的青绿色；秦汉，是陶土的原色；而到了唐朝，则是满目金银色，不见寥落人。

蜀道之难，天下皆知。从成都到西安的高速，沿用的仍是秦朝的线路，马不停蹄地赶路，需要七八个小时，隧道多，又容易出事故，还常常堵车。寥落人韩愈，就骑着瘦马，踏上了前往潮州的路途。他的身影隐在过于耀眼的金银色后，让人抓不住。

云横秦岭，遮天蔽日，不见长安。

岭上的横云，万古不变，它总在那里。它只是看客，看着下面的蝼蚁做着努力却无谓的挣扎。它没有明确的立场。它不需要。我们都是小小的蝼蚁，就算登上了高山，也不能站在云上。

佛教作为一种外来势力，它和中国土生土长的皇权、政府、民众、儒家、道教存在诸多矛盾，而解决矛盾最激烈的手段就是灭佛。历史上三武灭佛，将中土佛教诸多宗派铲除了七七八八，所以我们现在见到的很多佛像没有佛头，很多佛经也是从日本转抄。唐武宗灭佛最为彻底，常被视为唐朝对外开放的勇气和信心消失殆尽的表现。从此法门寺的地位一落千丈。宝鸡怀着君主振兴国祚的愿望没有改回原来的名字。现在的宝鸡市，还有一个陈仓区。

北周武帝宇文邕灭佛时，有一段令人感动的对话——

僧人慧远："阿鼻地狱不分贵贱，陛下何得不怖？"

宇文邕："但令百姓得乐，朕亦不辞地狱诸苦。"

（三）

这个地方好像没什么底气：明明是刘禅下令修建的全国最早的武侯祠，却在不停强调自己的正统时，于"武侯祠"前加上个"勉县"；这个地方真的很独特，反腐倡廉的广告都是用三国故事宣传；这个地方的人太少了，请了讲解员，后面竟然没有小尾巴。

我是唯一的过客。

武侯祠坐南朝北，取北出祁山之意。山门后的琴楼是嘉庆年间仿照古阳平关修建的，里面放着一张晋朝的石琴，早已风化成了黑黑的光滑石头，"文革"时从楼上掉下来摔成了两半。它就大喇喇地躺在那儿晒着自己的伤口，我去摸它，当然没有弦，但上面有两排共二十六个徽位，不明白为什么。

千年之前丞相办公的地方，如今供着他的牌位，空气里早已没有当年金戈铁马向北方的豪情，残存的只是汉代的十八株古柏，坚忍不拔，万古长青。我喜欢那种把头高高仰起来，脖子都快拗断的感觉，它总能给我一种奇异的满足感。我仰望过曼哈顿区的摩天大楼，仰望过黄浦江畔的金茂大厦，而仰望着一千七百多岁的森森古柏，竟然觉得没什么不同，都像躺在羊水里很有安全感地窒息着。汉柏上缠绕着凌霄花，朝开暮落，遍地红英。这里的凌霄绝无攀附之意，有的是入圣之心。

葭萌古寨

武侯祠的后部，有高高的琴台和观江亭，上面风很大，刮在脸上像冰刀。近观汉江，波涛澎湃，极目眺望，能看见定军山古战场。

诸葛亮的祠堂，中国有很多，但他的坟墓，全国只有一处，就在定军山。诸葛亮弥留之际的命令是“因山为坟，冢足容棺，敛以时服，不须器物”，所以后世的盗墓贼从未光临他的墓穴，这样看来，比很多皇帝还幸运。

原路返回时，我看了一眼大殿外的香炉，香灰早已冷却，只铺了薄薄的一层。

古代金牛道的起点，就在武侯祠里，终点在成都市金牛区。不知道当诸葛亮放下书卷抬眸看着金牛道时，会不会想起秦岭的那一边，那很少下雪的成都——他的爱人。

秦岭是一条很奇妙的分界线，它区分的不仅是气候、习惯、语言、身高，好像还区分了过去与未来。

霸道的横云占住唯一的通道，让人看不清脚下的路通向何方。只有看不清，才能思索家何在。

净 土

突然就想去西藏。

这个暑假的一晚，我向爸妈提议：去西藏吧！我一直以为，西藏是一块净土，可以洗涤灵魂、放松心情，把过去的压抑不快全部冲刷得干干净净。

好呀，去西藏吧——仅仅因为，它是一块净土。

第一站，意料之内，当然是巍峨庄严的布达拉宫。“布达拉宫，哦，西藏；西藏，哦，布达拉宫。”布宫俨然是西藏的代名词。不知是什么缘故，乍见布宫，既无惊艳，亦不失望，它令我震撼，却不足以令我振奋，好像是本该如此。命中注定的相遇，冥冥之中已是旧识。

难道布达拉宫只给我如斯感受吗？我扪心自问。如果是这样，那么我不远千里奔赴西藏还有什么意义？不如从钱包里掏出一张五十元的人民币，背面就是布达拉宫，随时随地都可供欣赏。来到西藏，来到布达拉，究竟是为了什么？西藏，高寒的青藏高原，真的是一块净土么？紧绷的神经加上严重的高反，使我不得不开始怀疑我的认知。

翌日，我和爸妈寻到了布宫旁边小有名气的“酸奶坊”。拨开珠帘，叮叮咚咚的脆响夹杂着微酸，裹挟着温暖袭来，沁人肺腑。人还未至，香已先闻，怎一个美字了得！文艺而清新的小店，仿佛置身于成都的宽窄巷子。真真是“人间何处不故乡”啊。

点了一份“冰淇淋刨酸奶”，闻所未闻，更是见所未见。牦牛酸奶那浓浓的奶香中带有西藏特有的高原酸味，奶油般甜蜜的冰淇淋随着这微微的酸滑上舌尖，占领了所有味蕾。闭上眼，周遭都安静了，我仿佛置身于古老的巴洛克舞台，悠扬的旋律如同泉水叮咚，优雅的步伐跳出一支绝美的探戈……舞蹈戛然而止，我才回过神来，原来是酸奶已经享受完毕。贪婪地又点了一份，趁着静候美味的片刻，我开始打量店内：两边的墙壁钉满了从各地到拉萨的火车票、飞机票，“心情日记”摆满了整个书柜，形形色色的人们写满了形形色色的真心。最令我心动的是这样几句话：

下次我是否还会再来？
下次我是否依旧像现在？
若下次再来，我会是快乐还是忧伤？

或许布达拉宫并不是一块净土吧。

圣地，一定是的；净土，则不然。

收拾起心情，我又出发了。第二站是被喻为“西藏江南”的林芝地区。林芝是西藏海拔较低的地方，也是工布藏族的聚居地。工布藏族，祖先是从全藏区发配至此的犯人，专为拉萨贵族制作奢侈的工艺品。1951年西藏和平解放后，农奴翻身做主人，这才过上了好的生活。去年，林芝开放了一个新的景点：措木及日。据历史记载，每一世新的达赖喇嘛都要从布达拉宫步行至措木及日最深处的冰湖，在神山圣水中修行历练。“措木及日”在藏语中意为“观音菩萨的眼睛”，而“措木及日湖”（即冰湖）意为“观音菩萨的眼泪”。讲解员介绍：“措木及日，它一直是一个不曾开放的秘境，是一块真正的净土。”

可惜当天旅游大巴与油罐车相撞，川藏线从早晨堵到黄昏。我们在路上耽搁了整整一天，措木及日的游览被迫放到第二天清晨。天蒙蒙亮，晨露寒冷，空气潮湿，眼前仿佛笼罩着一层雾。终究湖光水色还是没能达到我想象的水平。冰湖，没有太阳初晖带来的粼粼波光，没有高山白云倒映的绰绰倩影，也没有鱼——每一片水域都应有的鱼。这样，整个湖面多了静谧，少了几分生机。

当晚赶了夜路，夜半，才到达拉萨城郊。当然，这亦是车祸的缘故。到了检查站停车休息，抬头便望见漫天繁星。这是成都极少见的。星星，从地平线一直延展、延展，好似在漆黑的画卷上添了一笔巨大的半圆光带。车外是严肃，车内是嘈杂，而内心却是宁静，从从容容的宁静。仿佛安静了，就干净了。

月朗星稀。月亮皎洁之时，星星必是稀疏的；而今夜，星星就像宇宙的三千烦恼丝披泻，连成光滑的绸布，遮住了月亮，遮住了最玲珑通透的一窍，使我们无法看清这片天空，这个世界。

回到拉萨，又去了一趟酸奶坊。不禁感叹，短短一别，我竟已开始思念。同样的文艺，同样的清新，它遗世而独立地作为布达拉宫的点缀。同样的味道，同样的氛围，它令我满足，也令我豁然开朗。

这个世界上具象的太多，有圣地，有秘境，却唯独没有净土。净土是抽象的，却不是虚幻的。我奢求在西藏找到它，却忽略了在内心寻觅它。红尘浊世，境由心生。净土，只会在心中。寻觅，需要我们拥有非凡的信念、智慧，需要我们付出等量的勇气，甚至生命。

我摸出笔来，在小店的“心情日记”里写下这样几句话：

下次我定会再来。
下次我会依旧像现在。
若下次再来，我定不会忧伤。

仅以此文，纪念我的第一次西藏之行。

2012年8月

加州海滩

爸爸妈妈都没有去过美国，但是极力支持我参加中广教育组织的暑期美国游学，看看外面的世界。我在一个美国家庭里——爸爸是美国人妈妈是泰国人——度过了美好的20天，他们带我去了加州的海滩，寻访了美国纽约大都会，于是有了《加州海滩》和《城市动物》两篇文字。

加州的夏天总是美得让人想掉泪。阳光总是很好，带着浅浅的倦意，懒洋洋地抚上你的脸。它很顽皮，又很精准。一旦你被瞄准，就逃不开了。

而海滩终于是个海滩了——对于我这个身居四川内陆的人而言。远海是蓝碧玺的颜色，沉静地，和天连成一片；近些，又从这深邃的蓝色中隐隐透出点翡翠绿。海面波光粼粼，好像太阳住在海底一般，它急切地拥住这地球的羊水，释放着自己金灿灿的一腔热血。

爱上加州，似乎是因为这幅画面。

冲浪板上躺着身穿连体泳衣的少男少女，麦色皮肤在阳光下美得发亮。大浪一波接一波地来，他们就一次次地展露自己矫健的身手。有的甚至能站起来，像指挥官一样站在潮头，指挥三军冲锋陷阵，直取敌人的头颅。

于他们，是乘风破浪，是披荆斩棘；而于我，只能是跌跌撞撞。

但这并不能浇灭我的热情。在无数次被海浪掀翻之后，我揣着一肚子咸水，弃了冲浪板，开始我独特的“冲浪”。

别人都是傲立潮头，我却偏生潜下水去。海水低吼着扑上来，又借势退回去。碧沉沉的水在推搡中变成细腻却脆弱的白沫，我的耳边是大海放肆的笑声，眼前蓝色隐约，还没看清是哪一种蓝，就被白色推得远了。站起身，看见又有一浪将至，索性就地坐下，等海水推我前行。

那天的风很大，浪也就顺势大了起来。我一度以为自己真正做到了“随波逐流”。我的身体像一根海藻，柔柔地在水里漂着，看不怕人的海鸟翱翔，看海浪拍上远处的岩石，散落一地珍珠。

但也有意外。这一浪非和我作对，力气大得很，我全无搏斗反抗之力，真正的海藻偏在此刻缠住身体。恐慌袭来，脑子里一片空白，我只记得被海水推上海滩时，大腿在沙砾上摩擦的那一种疼痛。那是火辣辣的微麻。

记得有人问过我，你爱一个人坐在沙滩上看大海、吹海风的那种孤独吗？现在我的回答是，这种孤独并不能算孤独，它是一种单纯的感动。

累了，安静地坐在沙滩上。海风扑面而来，退去的时候，给我裹上一层轻薄的、辛辣的咸湿。

黄昏，离别。暮色四合总是令人忧伤。退潮后，露出一片湿润的细沙。大海仍在不知疲倦地闷吼着，准备迎接第二天的另一批弄潮儿。

城市动物

如今，越来越多的人喜欢走出城市，走进乡村。他们有他们的理由——或许是更清新的空气，或许是更湛蓝的天空，或许是清晨雄鸡的第一声啼鸣。而对于我，这个生在城市长在城市的人来说，乡村并没有什么吸引力。

我是一只城市的动物。

最城市的城市，一定是纽约。

纽约城里，八街九陌一般熙攘。虽然路很窄，是上个世纪为马车通行所建，但犹有风韵，汽车行驶在马路上，竟有穿越时空之感。我喜欢站在纽约的某个十字路口，抬头看四周的建筑，看它们映着白云的玻璃外墙，看它们高傲地耸入云霄。很用力很用力地仰头，也许用力到把脖子拗断了，也看不到大厦的尽头。悲凉又幸福。

城市动物很悲凉。

——人头攒动的街头，各种发色各种国籍，竟无一人相识。

城市动物很幸福。

——十一位数字，就可以解决思念。

纽约是座不夜城，只可惜我还没见过这位曼妙女郎夜晚的妩媚样子。我看得最多的，是她戴着眼镜手捧书卷的端庄模样。

大都会！

它是博物馆发烧友心中的圣地。大都会博物馆占地面积并不大，据我了解，仅约为故宫博物院的六分之一，但大都会实际的展览面积却是故宫的两倍。如果你不拿着地图，你会以为只有几个房间而已。而实际上，开放式的展厅会让你越走越晕。这时，每层楼的服务台就派上了用场。展品极丰富，包罗万象，却又不拘泥于原汁原味——西式旗袍融入了中国壁画元素，青铜鼎的图形走进了时装，发财树成了发箍的原型……族裔的差别已逐渐减小，文化的碰撞和交融仍在持续。

我在中国馆里遇见一位汉服同胞，他身着唐朝圆领袍，戴着幞头，双手撑在窗上，痴痴地望着玻璃里面唐朝的白瓷。这一块白瓷永远想不到，千年之后它会离开家乡，远渡重洋。它也永远想不到，有朝一日，能他乡遇故人。我们已遗失太多。

走出大都会，就走入了另一个世界。只有城市动物，才能在二十一世纪的缝隙里，过一会儿七世纪的生活。

城市是冰冷的吗？冰冷的电话号码，传送的却是温暖的声音。

城市是寂寞的吗？寂寞的星星，却拥有包容的情怀。

城市是虚伪的吗？虚伪的池塘草地，却有真实的松鼠鸭群。

城市是逼仄的吗？逼仄的街道，却通向更广阔的未来。我们在这条没有退路的路上奔跑，越来越疲倦，越来越渺小，越来越迷茫，但我们依旧坦坦荡荡。

2015年8月

荷　塘

娇艳的荷花是属于夏天的，冬日的荷塘只剩下了残败的莲蓬与枯黄的荷叶。殊不知，残荷也有它独特的内涵。

初冬了，虽然天冷，但阳光还是灿烂着。我和爸爸去武侯祠，太阳就暖暖地照着。时间一分一秒地逝去，整个祠堂也参观完毕了。后院是卖纪念品的地方，那儿有一片荷塘。初冬的荷塘呈现出一片荒芜的景象。荷叶、莲蓬、滑溜溜的青苔，都还没有打捞上来。莲蓬是枯黄色的，荷叶是枯黄色的，荷茎也是是枯黄色的。荷塘就像一个还未清理的战场般，偷偷滑泪。

再联想起刚刚看见的人物塑像，心里忽然涌起一种写诗的冲动，于是在手机上记下诗一首：

冬游武侯祠观残荷有感

一片残荷破败景，谁知当年尽忠良。
拦腰断杆谓武英，枯黄一片在文华。

我感觉，这一片荷塘就像那个远去了的三国，也许脚下就是当年的战场。有的荷花已被暴雨拦腰折断，奄奄一息，就像垂死的人那样无奈。有如万人敌张飞、关羽，不也是“被暴雨拦腰折断的荷花”吗？他们虽然义勇双全，但不是也落了个惨死的下场吗？

而“文华”，就更多了。它们尽管没有被暴雨打倒，但终有一天会枯黄，会“死在自己手里”。例如智圣诸葛亮、魏武帝曹操、汉昭烈帝刘备。他们也许大意了，将“生的机会送给了别人”。他们对那叱咤风云的一生，并不满足却妥协了。他们努力改变自己的命运，但是他们无法力挽狂澜。

作为他们的后人，我们是幸运的。因为我们没有生活在一个战乱的时代。我只是为他们惋惜：壮志未酬身先死，忠义双全留千古。不知怎么的，身边又响起了那首歌：“东汉末年是三国，烽火连天不休……”

投一块石子入荷塘，水面泛起涟漪。残荷随着风儿轻轻摇摆着。我的眼前又浮现出了那些个金戈铁马的画面……

2010年11月

残荷，成都市东郊白鹭湾湿地公园

我心如花

这个夏天，我和妈妈去了蓬莱。蓬莱“仙宫”前有一片一望无垠的荷塘，妈妈进了这“仙宫”，我却停留在了荷塘旁边。倚着洁白如玉的栏杆，在阳光的陪同下远眺荷塘：正值盛夏，荷花开得分外娇艳，粉的妖娆妩媚，白的清丽脱俗。那翠绿翠绿的荷叶上水珠都蒸发干了，只留下若隐若现的印子，像极了泪水划过脸庞的泪痕。

看着美丽的荷塘，我想起年前去武侯祠——

武侯祠后院的荷塘，只有几个平方丈的样子，比眼前的小。荷塘上横一座石桥，桥面上的青苔都快被大大小小的脚印踩没了。水面上漂着些略带暗红色的浮萍，荷叶耷拉着，花茎也开始变得枯黄。扛着照相机的摄影师都沉醉于那些亭台楼阁，哪还有闲工夫去替残荷拍张照？

走到了阴蔽的地方，我不禁思考着两片荷塘的不同与相同。不同，不过是一大一小、一艳一黯、一盛一残罢了。而相同呢？蓬莱的荷花虽生长在万亩荷塘之中，花色娇艳明丽，受人称赞，但还是努力地挺直腰杆，向世人展现最美的一面；武侯祠的荷花虽生长在十米见方的荷塘之中，枯黄，也许妄自菲薄，但依旧保持着顽强的生命力，以求明年再一片芳菲。

想到这儿，我不由自主地想起了荷花的花语——清廉、坚韧不拔、刚正不阿。

郑燮，面对着权贵，戏谑地写下了“竹苞”——个个草包。

包拯，不谋私利，不徇私情，为民除害，成为百姓心中的“包青天”。

海瑞，小小知县，秉公办事，对严嵩党羽一点不讲情面。

……

我呢？也能做到这样吗？

周敦颐说，荷花“出淤泥而不染，濯清涟而不妖”。

心如荷花，就没有什么不可能。

2012年1月5日

广汉鸭子河上的芦苇

水尾画稿溪

画稿溪，长江上游永宁河的一条小小支流，溪如其名，如同画中仙。长江大气磅礴，百转千回，而这里却是温柔娴静。溪底那斑斓的五色石子在水波微微浮动的映衬下，竟变得恍惚朦胧，叫人失了真切。那半人高的芦苇就那么肆无忌惮地长起来，摇曳在山林水光之间，高雅又高贵。阳光洒在溪面，更是衬得水流波光粼粼，那么耀眼，那么绚丽。

当夜幕悄然拉下，纯净的月光直泻千里。画稿溪的美与白天又有些不同。没有蝉鸣鸦噪，没有车马人流，只有那悦耳的叮咚水声，使夜变得更加寂静。像在天堂，也像在人间。

雾

一大早便起床了，阵阵寒风钻进了我的被窝，直打了一个哆嗦。推开窗，冷空气肆无忌惮地进来了。咦，雾？快随我去看看吧！

当人们还蜷缩在暖和的床上酣睡时，我却醒来了。居然有雾！迷茫的白雾笼罩了整个世界，仿佛城市也在洗温和却凉凉的牛奶浴。远处，高楼大厦的顶层已经看不见了，接替它的只是又浓又轻又厚又白的雾，风也吹不散它，吹不散那顽强的雾。这种凝固的美，如果不细细体会是很难领略到的。

其实，雾也有令你想不到的美景呢！

那雾突然变灰了一点，变淡了一点，也更轻了。那淡雾，恰似冬爷爷的白围巾，不小心掉在了人间，又像雪花姑娘还没织好的白纱巾，轻柔地朦胧，浓重地柔美。雾气仿佛还不想散，时而对着风撒娇，时而对着风怒吼，时而为风歌唱。

就在这时，太阳出来了。雾一点一点、慢慢地散去。新的一天又来了，真好！

星

或许已然习惯存活在没有星辰的黑夜笼罩之下，才会在偶尔冒出三四粒星子时，发出惊讶而满足的喟叹。在城市，这样一座泛滥着冷漠疏离和奇怪的所思所惑的城市，居然有了星子！这样一座弥漫着粉尘烟灰雾霾，强烈地震荡胸膺、令人气短头晕的城市，居然有了星子！

记忆中，成都夜晚鲜有见星，频率已不是hardly可以形容的了，而应该用rarely，或者 seldom。还记得在拉萨的那个夜晚，从地平线到天际的整个天空，全部铺满了星星，像技艺精妙的匠人，在灰布上洒下凸粉，珠光浓郁，色泽明艳。是的，明艳，在黑暗中厚积薄发的能量，它的色彩远比化学颜料靓丽而真实，在你的呼吸之间浅吟低唱，直到老去，永不褪色。而那散发着微弱光芒的三四粒小小星子——有的还需佩戴眼镜仔细观察寻找才能觅得，就静静地候在天边，为人提供那微茫与希冀。

西安碑林

西安的碑林历史悠久，是中国碑石最多的地方，因此得名——“碑林”。

碑石分别存放在七个室内，最吸引我的是第一室以及第六室。

在第一室中，我很喜欢颜真卿所书的一块碑。它是由正楷体的优美肥大加上颜体的巧妙自然，形成了简单明了、铿锵有力的字体。我非常想学习这种字体，让我的书写变漂亮。

重点来了——第六室的一块碑。 我不知道是何人所书，也不知道是哪种字体，还不知道是什么年代，但是，单凭那几行字，就深深地把我吸引了。你知道这块碑上刻的什么吗？我敢说，你怎么猜也猜不着。那就是两句看似深奥、实际简单的醒世格言：“迟钝人能存好心、行好事、做好人，虽迟钝亦是上智；明敏人若心术不正、行事不端、不肯做好人，即明敏亦是下愚。”“立身以行俭为主，居家以勤俭为主，处人以谦下为主，涉世以忍让为主。”

雷锋做好事做好人的时间距今已五十多年，让我们这些“90后”们感觉迷迷糊糊、深不可测。但是在这块碑上，简明的语言生动地告诉我们做人的道理。现在，我们讲究“大智若愚”“虚怀若谷”，有好多好多的事例影响着我们。而在很多年前，古人就开始教育小孩和提醒大人了。这让我们不得不为中国鼓掌。

西安的碑林，历史悠久的碑林，让中国的文化更加丰富多彩。

2010年2月20日

不忍是南京

今天是公祭日。很想说什么，却说不出口。翻到原来写的日记，终于想起了我记忆中的南京。

它是什么样的？

雪小禅在她的《烟花那么凉》里写道：“他有他固定的潮湿纷乱茂密，有他伤感的原则，就像那千古以来的爱情，在南京最绵绵最伤感最荡气回肠……南京的味道浑厚而苍凉，是秋后的夕阳，一把老灰中透出了惨红，一点一滴，全是不忍看的旧事。”

我是怎么写的呢——故地重游，每一景每一情都是熟悉的煎熬，触目惊心。这个阴气重的六朝古都，就像没落贵族，在一次又一次重生后毁灭，又在一次又一次毁灭后重生。从老卤盐水鸭里能吃到有毒的贵族气味，也是血的味道。

第一次去看万人坑是十岁的时候，整个展馆只有我一个人。我不懂为什么同行的伙伴不愿来。曾经我以为他们对历史的遗迹不感兴趣，现在想来，却更偏向于不忍。

第一次看见累累白骨，第一次在纪念馆里哭，第一次在旅游的时候想妈妈。

而我二下江南的时候，拒绝参观万人坑。我知道那是不忍，暴露在阳光下的罪恶，人是受不住的。

一个月后，我去了日本。

还没来得及为日本写些什么，只是我突然懂得了一个民族置之死地而后生的理由。

而我们还能做什么？

其实，可以做的太多了。

——六朝金粉地，不忍是南京。

最后，将顾城的一首诗献给那方土地：

你默默地转向一边
面向夜晚
夜的深处
是密密的灯盏
它们总在一起
我们总要再见
再见
为了再见

2014年12月13日

参观南京雨花台

快乐的广东之行

写这组游记时我读小学四年级，每周写一个章节，持续了整整三个月。

（一）

寒假的时候，我和妈妈、舅舅、舅妈、小嬢嬢、姐姐、妹妹一起去广东惠州惠东港口镇双月湾大酒店住，并在惠东度过了快乐的5天。

1月26日上午10：55的飞机，我和妈妈8：40就到了，不到5分钟，舅舅他们5人也到了。我们在书店里看书，过了一会儿又去了候机室。很快我们就上了飞机。飞机不大，但那里的空姐都面带微笑。经过漫长的等待，飞机终于起飞了！我感到一阵摇晃，然后就平稳了。我从窗户往下望去，看见小小的楼房和飞机场，过了一会儿就只看见蓝蓝的天了。从后面的窗户我看见了飞机的“翅膀”，真漂亮。

不久，午餐时间到了，我以为才过了几分钟。1月26日刚好是大年初一，所以“飞机餐厅”给我们乘客准备了美味可口的肉饺子！肉馅鲜嫩香滑，好吃极了！吃完饺子，我又喝了一些饮料。紧接着，我又品尝甜甜的橙皮，真好吃。

过了一会儿，我拿出摄像机，开始摄窗外的风景。天特别蓝，没有一丝云彩，有一种让人眩晕的感觉。突然，飞机开始剧烈摇晃起来，广播中提醒我们要系好安全带。然后我就想呕，可就是吐不出来。妈妈对我说：“这时飞机正在穿过云层，由于气流的影响，飞机产生了颠簸。”

我在飞机上休息了一会儿，下午两点左右，飞机开始降落了，过了10多分钟，飞机成功降落在广州白云机场!

一下飞机，就明显热多了，我连忙将羽绒服脱下来。我们一行人坐上了5号大巴，离开广州，奔向惠东。车上很无聊，导游就讲故事。导游姓马，她说她的家在东北。我是全车第一个也是唯一一个说出的——黑龙江哈尔滨。然后，马导又给我们讲了惠东的故事。我知道了惠东离香港很近，所以上世纪六七十年代，许多人由此偷渡、走私，连上世纪八九十年代也依然如此。

不知不觉，我们在车上度过了6个小时，到双月湾大酒店已是晚上7时左右。我们在酒店“大撮”了一顿海鲜以后，又去了海边玩。

我和妹妹在沙滩上修了一座庞大的“地上城堡”，然后又去捡拾贝壳。因为我去找贝壳当装饰物的时候发现贝壳很多，所我我们又去捡贝壳了。妈妈腾出一个口袋来装贝壳。突然，我发现了一个十分完整的蚌壳！我连忙把它装进了口袋。接着，姐姐、妈妈又各捡了几个蚌壳。太好了！不知不觉就9点过了，我们回了酒店。

（二）

那是1月27日早上 8：40，我懒洋洋地起了床，穿好衣服以后洗漱。马上，我们就要去餐厅吃饭啰!

我们一行七人来到了中餐厅，今天，我们要去海龟岛玩大半天，晚上去港口镇。听到这个消息，我兴奋得不得了！毕竟海龟是国家级保护动物啊！据马导介绍，海龟蛋以前比鸡蛋还便宜，现在却五百万一个。我想，如果到了N个世纪以后的一天，鸡蛋会不会也卖到五百万一个呢？我正想着，就到了海龟岛。海龟岛景色优美，让人赏心悦目。

我和妹妹冲了进去，首先就看见了一个大海龟标本。我看了简介，噢，它原是一只重达八百多公斤的雌性龟，因受伤而死亡。2006

年4月份被人制为标本，供人们观赏。我用摄像机把它摄下来。在旁边我又发现了很多螺，千姿百态，很漂亮。我又去看了海龟的成长历程，先是蛋，然后是胚胎，接着是稚龟，越来越大……

咦？不会吧，怎么没有活海龟呢？哦，往下走有一个海龟博物馆，里面就有活海龟！那条路上风景怡人，下面有无边的大海和沙滩。很快就到了山下，我抱着摄像机冲进博物馆。这些海龟特别大，基本上都成双成对。海龟好多呀，有的大有的小，十分笨拙，但又透着可爱与灵气。

接着，我又看见了绿海龟、玳瑁、巨星龟、平背龟……

可是，为什么没有小芮龟？突然，小孃孃摸了巨星龟的龟壳！我连忙上前阻止，说服了她。有的海龟想到旁边的池子去，以至于头被夹住了，真可怜！不一会儿，我又认识了泰国帝龟、西龟、太平洋丽龟、大西洋丽龟等。我呀，可长了不少见识！

不久，下午五时就到了，我们又在沙滩上玩了一会儿就上了车。接下来，我们就得去港口镇玩了！令人意料不到的是，有三个人竟然“姗姗来迟”，因为走错路了。在等那三个人的时候，我和妹妹坐在大石头上发呆。有一次，妹妹滑了下去！我们又和妈妈、姐姐玩捉迷藏，十分尽兴。

到了双月湾大酒店后，我们又吃了一顿海鲜，饱饱的，出去散步。舅舅请我们吃了墨鱼干和鸡翅。大家都在鸡翅上撒辣椒，是正宗的“四川吃法”，而只有我一人抹蜂蜜，体验“广东吃法”。其他人都问我好不好吃，我回答说：“超级好吃！”然而大家都不相信。（我小时候有那么爱吃吗？汗颜哪！）

回到双月湾大酒店，我们看了电视，又玩了一会儿，11时多，我们都进入了甜蜜的梦乡。

（三）

8：40了！我急急忙忙地起了床。今天又干什么呢？哦，告诉你吧，今天我们要去惠东最美的地方——三角洲岛。

三角洲岛位于中国广东惠州惠东巽寮湾处，那里风景怡人，海风吹着岸边的人们，海浪拍打着远方的暗礁。

听了我的介绍，你也迫不及待地想去了吧？别着急，跟着我一起去看。10：20才出发，又误车了！自然，就少了二十分钟的玩耍时间。路上，我和妹妹、小嬢嬢谈论着流行歌曲，不知不觉就到了三角洲岛。到了！到了！我耳朵里充满了海水的潮声，心里充满了期待，大海，我来了！

包含了向往，包含了期待，包含了我对大海的热爱——心，这颗心，带我冲下了车。很快，就坐上了快艇，海风迎面吹来，像欢迎我们似的。发动机呜呜地响起，开船了！我和妹妹、一个新认识的哥哥一起坐在第一排。后面的大人们纷纷戴上帽子，还用围巾把自己裹得紧紧的，而我们却敞开心扉让海风吹进我们的脾脏……

哇！好美呀！我在沙滩上尽情地奔跑，妹妹在捡拾贝壳。也许你会问：其他人呢？告诉你吧，他们都拍照去了！过了一会儿，妈妈让我换上泳衣，我们要下水了！舅舅冲到岩石上抢位子，我和妹妹嫌太远，就在沙滩上修了一个“足浴城”。我先修了一个蓄水池，又修了一个蓄沙池；妹妹那边修了一个暖脚池和一个泡脚池。我负责的池水都特别难弄，因为蓄水池里的水会渗进沙里去，而水又把蓄沙池里的沙抚平！我想了一个办法：用路线！对！我又挖了几条疏通道，让水从里面流过进入泡脚池。糟了！大浪！我和妹妹一齐向后退，可是“足浴城”不会退！“灾难”过后，我发现暖脚池变冰了，蓄沙池崩塌了，蓄水池因积水过多而破坏了两条疏通道！妹妹很扫兴，我又修了暖脚池，“大灾有大爱”嘛。于是妹妹承担了人工运水的重担，我负责扩大“足浴城”和运输沙子。过了一会儿，蓄水池里没水了！怎么办？我请舅妈帮忙扩大“足浴城”，我也来运水。不久，足浴城修好了，我和妹妹邀请了妈妈、姐姐、舅妈来免费体验，姐姐夸我俩真不错。

下午5点钟，我们在沙滩上拍了几张照，就恋恋不舍地返回了。

我们坐快艇回去了，又过了半个多小时，到了宾馆吃了顿海鲜，又美美地睡了一觉……

（四）

好了，真舒服呀，我从星辰池里出来后，又去了哪里？你一定猜不到！下面，就跟我一起去看吧！

从星辰池出来后，我和妹妹确定好目标，向大人“请了假”，决定“单独行动”！妈妈她们都同意了，但要求玩30分钟后去背靠冲浪找大人。我和妹妹基本上没听进去什么，只要大人说一句便点一次头，说完了便飞奔而去……

我们去了哪里呢？我给你描述一下你就知道了：宽宽的青蛙舌头水滑梯、双人的飞翔水滑梯、单人的海螺水滑梯、单人的刺激水滑梯、下转螺纹滑梯、数字水拼图、水炮发射器等。对，这就是儿童玩乐城！里面的水只有0.7米深，17℃左右的温度。尽管冷，但是有好玩的水滑梯，我们也什么顾不得了！我试了一下水温，又做了一些准备活动，然后跟妹妹一起“扑通、扑通”跳下水！好冷呀，我不禁打了一个寒战！妹妹说：“姐姐，我好冷喔！”我说：“妹妹，我们不怕水冷，咱们不是冲抱怨来的，而是冲快乐来的。我们坚持到底！”说完，我们一齐用水把滑梯干的地方泼湿，然后各玩各的。

出于好奇，我先坐上了单人刺激水滑梯，想体验一把刺激的感觉。刚开始风平浪静。我想：一点都不刺激嘛，还说什么刺激滑梯！突然妹妹尖叫了一声：“啊！”比平时声音都高两个八度！我正想到这儿，却一头雾水地坐到了快下去的地方。不知不觉，意外降临了……

我正在眺望远方，欣赏着蓝天白云。忽然，“咚”的一声，我一下子栽进了水里，眼前看见的只是水泡泡！我在水中扑腾着，只有70厘米深的水那时在我心中仿佛是万丈深渊。这时，妹妹在水里玩“水中钢琴”不亦乐乎。原来，那声高两个八度的“啊”就是我快要栽下水时发出来的。从此，我意识到了不能小看每一个细节，也许一个被人遗忘的细节会导致整个计划的失败！现在，我开始对单人刺激水滑梯刮目相看了！

接着，我又和妹妹一起玩起了双人飞翔水滑梯。哇，真的好像飞起来了一样。我们都做好了充分的心理准备栽下水去，果真就栽了下去，还飞出去了几米远耶！在水中，我和妹妹都互相牵着手呢。真不愧是“双人飞翔水滑梯”，不仅“飞”了，还是双人的，和妹妹一起共享了欢乐！

（五）

“哎哟，真舒服呀！”我心里想。现在我们到了姜浴城：有一个大布袋，里面装满了姜和一些不知名的药材。

我伸下去一只脚，觉得有点烫。不过，我慢慢地下了水。好烫啊，简直透不过气来！我闻了一下温泉水的气味。你猜怎么着？保你闻过一次就不想闻第二次！一股浓浓的药水和生姜味，闻了就想呕吐。可大人们和姐姐却说这味道好闻！我不知道他们心里是怎么想的，反正肯定和我想的有天壤之别！我就不知道那么难闻的气味在他们心中为什么就变成了天上瑶池里的水的气味。

或许是我错了？我本来就不喜欢姜和药材的味道，可能是心理作用吧！

我好不容易征得同意去逛一圈，但是舅舅却说走了。我气急败坏，心想：肯定是你们串通好了耍我！哼，我也来耍耍你们，我对他们说："拜拜，我先走一步，颠倒屋见！"这时妹妹和我一起走。于是我们一起钻进了颠倒屋。

颠倒屋分上下两层，第一层有一个高温温泉，里面的温度高达60℃。天花板上有椅子、柜子等，而地上有一盏水晶灯！接着，我们上了楼。第二层是浴室和卧室。马桶在天上，淋浴头在地上，包括洗手池和浴缸都颠倒了！卧室里电视、床头柜、花瓶、衣柜、书柜都在天花板上。太吓人了！

这时，大人们和姐姐进来了，我们一进温泉池就觉得浑身冒汗。我非常害怕热，就坐在池边。池子大约有3平方米，但可以容下10多个人，真是"人小肚子大"呀！妹妹先也怕进去，但舅舅不停往她身上泼水。妹妹有一次终于受不了了，一下子跳进了温泉里；而我，依旧不肯下水。

耶！终于走了！我们又来到了死海漂浮区。我不会游泳，就在旁边待着。只看见舅舅四肢展开，眼睛望着天，没有丝毫辅助动作，居然漂在水面上！我也跃跃欲试，跳进了水中。舅舅试图把我的手和脚展开，但是我的动作依然是僵硬的，原封不动，到最后只能不了了之。

然后，我和妹妹又在咖啡池里泡了好久。咖啡池水温38℃，很适合我和妹妹泡。这时有两个惠东爷爷问我们感觉怎么样，我和妹妹一五一十地说了，感到很高兴。我在咖啡池里一直泡着，很舒畅，可是妹妹想走。我叫她去大人那里等我。

欲知后事如何，请千万不要错过下一集！

（六）

妹妹想走，我死活不让（"死活不让"，这是闹哪样？！），于是她自己跑掉了。我既害怕又担心，连忙起身跟着她走。

哦，妹妹去花瓣池呀！我心满意足地回到了咖啡池。可是，没有了伴儿，再好也没味道，于是我去巧克力池享受片刻的宁静。巧克力池散发着一股浓郁的巧克力香，有牛奶巧克力味的，有黑巧克力味的……反正我能辨别的只有这两种。里面的水是黄褐色偏黑的，只有26℃，我怀疑里面真的加了巧克力！

不一会儿，我从巧克力池转到了花瓣池。花瓣池被“花瓣”分为五格，分别是27℃、43℃、32℃、59℃和37℃。我来到了43℃的那一格，发现上面挂有一个液晶大电视，播着《快乐大本营》！我可是谢娜的粉丝，更是《快乐大本营》的粉丝！我立马津津有味地看起来。不到十分钟，妈妈叫我们走，我恋恋不舍，还想看《快乐大本营》。我想，为什么不早些到花瓣池呢？真是追悔莫及呀！自作自受！

我随口一说：妈妈，我肚子饿了。于是我们就去了小吃城。我太高兴了。我一口气向工作人员要了五个红薯（红薯是超小型，两口就吃完了），自己吃了四个，剩下一个妹妹吃了。我又去打了一杯豆浆，要了七个红薯，一个一个分了。我又去要，工作人员很不情愿地给了我两个，冷冰冰地说：“其他人要自己来拿。”我想，吃你几个红薯又怎么啦，碰上大胃王不是更亏了吗？更何况是个免费小吃城，温泉门票还一百三呢。我怒气冲冲地把经过告诉了大家，可舅舅摸了十五元钱说：“你去买几个鸡蛋和鹌鹑蛋来吃。”我想，她连红薯都不给，还给鸡蛋？！我抱着试一试的心态去了。没想，工作人员笑眯眯收了钱，给了我蛋。真是跟上次截然不同，具有天壤之别。她真是见钱眼开！金钱能买来一切吗？（小愤青啊！）

过了一会儿，我又要玉米，她顿时冷若冰霜，不屑地对我说：“没有了。”虽然话语简单明了，但也表现出了“阴阳险”。（我突然觉得我小时候的用词真是可爱！）

咦，怎么是生蛋？哦，原来有一个温度高达73℃的温泉池，可以直接用来煮蛋，鸡蛋在里面十分钟熟，鹌鹑蛋只要五分钟。池子旁边放铁丝网，上面有挂钩，可以挂蛋。妹妹把冷雪碧也放进去，拿出来喝时居然有一股怪味！

欲知后事如何，且听下回分解。

（七）

好饱，好饱！我又吃了好多红薯。适可而止，免得一会儿跑不动！大人们慢悠悠的，好像时间还多。我和妹妹耐不住了，干脆去玩。

我们去玩水，在餐厅外面玩石头剪子布、剥红薯、泡雪碧，玩得不亦乐乎。大人们终于吃饱了，吃完了。我们就在三层楼高的滑滑梯那里排队了。我和妹妹兴奋不已，却接到一个噩耗，身高150厘米以下禁止玩耍！于是只有舅舅去玩了。我和妹妹跟他约好，如果刺激就比“1”，不刺激就比“V”的手势。只见舅舅飞快地滑了下来。等待着，等待着……突然，舅舅从滑梯上摔进水里，头掉进水里，脚却露在外面。我和妹妹哈哈大笑。舅舅在下面笑了一笑，比了一个“V”字，表示不刺激。

我又去了神龟池，神龟池里的水有60多摄氏度，甚至再高点，差点把我烫伤！于是我又去了神龟四护法池。神龟四护法池只有15℃，可以在里面玩“水上古筝”，很有趣。这时妹妹赶来了，说要和我一起玩。我答应了，于是把一次性水杯放在水里当排球玩，我刚赢了妹妹两个球，工作人员就把水杯没收了，真是气死我也。

没了水杯，就在池子里静静地泡着。妹妹终于闲不住了，拉起我去找大人。大人们正走在猜谜走廊上。

猜谜走廊上有成千上万条谜语。只要猜中一条，就把它揭下来，交给工作人员以后按照编码找谜语，说对了谜底就可以领一个香包，五个香包可以换一个钱夹。大家都很积极，我一下子“挣”了三个香包，妈妈又猜中了两个，舅舅给了我一个，一共有六个香包。耶！姐姐又猜中了一个，我就有七个香包啦！我给了小孃孃一个香包，又用五个香包换了一个纪念钱夹。我想：一个香包、一个钱夹，刚好什么都得了一个。并且又开始想入非非：如果用我集的电话卡装满钱夹，那就变得十分“富有”啰！50元的，100元的，应有尽有。（小财迷，哈哈！）

然后，我们又去了台湾池，台湾池是宝岛台湾的形状，海南池也是如此。我们在里面观看文艺表演：草裙舞、各民族舞……最后一个是“竹竿舞”，是一个互动类舞蹈游戏，节奏很简单“×—×—×××”。我也上去了，大姐姐温暖的手和灵活而轻盈的舞步带领着我跳。后来，我的脚踝都被竹竿夹青了，很痛，但我很快乐。

文艺表演在欢笑中结束了，我们的惠东海滨温泉之旅也结束了。下周请欣赏快乐的广东之行（八）。

（八）

快乐的广东之行就快要结束了，一行七人又来到了“黑社会老大”——刘叔叔一家。刘叔叔家在广州，于是我们坐了两三个小时的车，从惠东来到了广州。

刘叔叔为什么叫“黑社会老大”呢？舅舅笑着说：“刘叔叔年轻的时候，曾经是‘黑社会’的一员，后来改邪归正了。因为现在开了一家钢铁厂，住跃层，还有一个花园，当上了钢铁厂的老板，所以是‘老大’。连起来就是‘黑社会老大’了。”我想：乍一听，还以为是“黑社会头儿”呢！

我闲不住了，便到处走走看看。刘叔叔有两个孩子，一男一女。男孩才一岁多，脸胖嘟嘟的，很可爱；女孩七八岁，听话又可爱，穿一身淡紫色的防寒服。刘叔叔的夫人很热情，待客很厚道。

刘叔叔家第一层是一个大花园，花园里有杨桃树和木瓜树。杨桃和木瓜都成熟了，都是绿色的，不说美丽，美观却是有的。我和妹妹上树摘了十多个杨桃，心里美滋滋的。

然后我又上了第二层。第二层是刘叔叔一家的住所和晒衣服的坝子。坝子长约20米，宽约10米，不仅是晒衣服的好地方，更是晒太阳的好地方。

回到客厅，我打开了电视，少儿频道刚好在讲广东的名小吃。我身处广东，便兴致勃勃地看着。我知道了广东的凉皮、蒸蒸糕、糯米丸子等好多小吃。那个小妹妹也给我们介绍了这些小吃的做法，我和妹妹饶有兴趣地听着，那小妹妹也越发兴奋了。

玩了一会儿，就中午了。刘叔叔带着大家去吃海鲜。海鲜馆里有龙虾，有大蟹，有海鱼，有热带鱼……数不胜数，多似繁星，令人眼花缭乱，更令我惊叹不已！也许我讲得太好了，天花乱坠，或许使你太想去了吧！这时候，妈妈、舅妈、小孃孃三人还不知道在广州哪条路上吃着稀饭呢！因为她们没有待在家里，而是在广州逛街呢！

吃完大餐，舅舅睡了一个美美的午觉，我和妹妹看了一会儿电视，反正都做了一些充实的事，有意义的事，很快活！

下一周，请欣赏快乐的广东之行（九）

（九）

吃完了大餐，舅舅睡得很香，很甜。突然，一阵急促的电话铃声响了起来。我去接电话，是妈妈！她说："把我的身份证号报来，急用！"

我放下电话，和妹妹一起在旅行包里翻着，慌乱极了！好不容易找来了身份证号，报给妈妈。怎么了？把舅舅叫醒，刘叔叔驱车带我们去了广州白云机场。车好大，只有两个座位，剩下一片空间，摆放着几张小板凳，买的椰奶还摆在它们中间。刘叔叔、舅妈叫我们喝椰奶。我冲了过去，熟门熟路地开了四罐，小女孩、妹妹、姐姐还有我一人一罐。还剩下三罐，小女孩、妹妹和我再一人一罐。因为姐姐今年就成年了，所以她就让给我们喝了。

“咕咚、咕咚”！椰奶真的好喝呀！我两分钟不到就喝光了，而那小女孩只是捧着，没有要喝的意思；妹妹很淑女地喝一口，回味一口；姐姐好像想发现什么东西，伸长了脖子往罐里望。好像，只有我喝得很快，与周围有些格格不入。

我小心翼翼地拿起属于自己的另一罐椰奶，“嘭”的一声，又被我打开了。“姐！你喝第二罐啦！”妹妹闻见声音惊呼着。我并不吃惊，因为吃得快，喝得快，已是家常便饭。可显然，妹妹还没反应过来，也没回过神来。不一会儿，另外一罐也喝光了，这一次，我还尽力慢点喝。姐姐的椰奶也喝完了，那小女孩也忍不住把第一罐喝了个精光。我一望妹妹的罐子里，居然还有一大半儿的椰奶！我心想，她到机场都不会把第一罐椰奶喝完！两三分钟又过去了，我看见了广州白云机场的影子！耶！终于能回家啰！驶进机场了，果然，妹妹把第二罐椰奶拱手让给那小女孩了。妹妹愁眉苦脸地喝完了椰奶，使劲甩进了垃圾桶。

拜别了刘叔叔，大家就取了机票进了候机厅。看见了书店，我便一头扎进了书海中。我一出来，便看见了李响！更绝的是，我还看见了同班同学杨超然和金典！这太奇了吧！

我跟他们玩了一会儿，就上飞机了。空姐们个个面带微笑，迎接着络绎不绝的旅客们。

不见不散！

（十）

飞机好大啊！还有一张电子地图！

这就是广州白云机场飞往成都双流国际机场的深圳公司航班！我上了飞机，走向了自己的座位。我的位置很不错——中间——正对着电子地图！

十多分钟以后，飞机缓缓地起飞了，正红的夕阳透过密闭窗照在我的脸上。暖洋洋的，热乎乎的，心里更是甜蜜！只感觉一阵颠簸，便平稳了。空姐宣读了一些注意事项后，屏幕打开了，电子地图也关闭了，同时变成了注意事项的示范和紧急逃生的示范，很有用。最后，她们祝我们旅途愉快，我心里也在默默地为因工作奔波于两地之间的空姐们祈福！

不一会儿，空姐送饮料来了。我要了一杯凉茶，妹妹也是，小孃孃还是一杯凉茶！舅妈、妈妈、舅舅要的是咖啡，姐姐要了一杯冰凉可口的鲜橙多。我很喜欢喝，而妹妹却不喜欢喝凉茶。她索性把凉茶全部倒给了我，自己宁愿一滴不喝。

又过了一会儿，空姐又来送水了。妹妹要了一杯可乐，我还剩下一丁点凉茶，装个豪爽，一饮而尽。“椰奶，谢谢！”我对空姐柔声说。因为这句“谢谢”，空姐回报给我一个甜甜的微笑。椰奶也是甜甜的。

天色晚了，肚子也“咕咕”叫了。空姐似乎明白了大家的心思，开始送鱼肉饭和猪肉饭。该我了，我很有礼貌地说了一句“猪肉饭，谢谢！”我迫不及待地打开饭盒，香气顿时扑鼻而来。可香了呢！我狼吞虎咽地吃了起来，猪肉饭里的肉是细丝，而鱼肉饭里的肉是块状的，也非常非常嫩，香极了。猪肉鲜香嫩滑，一定加了好多豆粉！以前妈妈做的滑肉也是这般口味，不由得更想家了。看看电子地图，哦，快要到成都了，也就是离家越来越近了。爸爸在哪里呢？姨妈呢？三婶一家早走了，我还没看见他们哪！

飞机终于飞临双流机场了，也开始降落了，我的心情兴奋了许多，心也开始揪紧了，特别紧张！这种心情是常人所不能联想、不能理解的，也许到了某一个时刻会重温。哦，快乐的广东之行就结束了，当我拾起这片回忆时，会无比温暖……

2009年4月

大唐松州美丽年味浓

今年大年初二，我们和朋友两家人驱车前往九寨沟过年，初三时到了大唐松州——松潘县城。

松潘县城在唐朝时是个富饶的小镇。赫赫有名的“文成公主入藏”的故事就发生在这儿。在唐朝，松潘县城叫作“松州”，现在在县城里，还保留着大唐的古城墙。北城墙是松潘最美的城墙，上面没有排水管、涂鸦，只有最真实、最自然、最古朴的石砖瓦砾。松潘海拔两千米有余，因此，风特别大，而且是凛冽的寒风，每每吹来，都让我心生寒冷。我花了10元钱登上北城墙，站在滑溜溜的垫脚石上，眺望着远方的高山，望见了朦胧的天空。太阳已经升上了云霄，慢慢地将阳光照耀在城门那儿挂着的红灯笼上。脚下就是城墙，身下就是马路，看着来来往往的车辆——车窗上都贴上了2011年的新证件；再看看路边的商店——无论是店铺，还是旅馆，抑或是道旁吆喝叫卖的小车，都不约而同地贴了个“福”字，年味儿十足！

晚上，我们决定在松潘住宿。吃饭时，一个大壶吸引了我的注意力：那是一个冒着腾腾热气的大水壶，飘出那种清新淡雅的、沁人心脾的香。我好奇地问饭店的女主人这是什么，她笑着，用不是很标准的普通话对我说：“这是我刚熬出来的糯米茶。”我的眼睛闪出迷茫来，头上冒出了涔涔的冷汗。“等等，糯米茶？”我只听说过糯米粥、糯米纸、糯米饭，何时有过糯米茶？女主人抿嘴一笑，说：“这是本店的特色，藏族的特色，也是松潘的特色。我们是用甄选的糯米和松潘的独特秘方混合熬制的。你来尝尝，可以滋养皮肤哩！”我轻轻抿了一口，有茶叶的芬芳，也有糯米的香甜，联系着美丽的松潘，更感到了过年的气氛。

哈，这次旅行，真是年味十足啊！

2011年2月23日

“幸福”花开

那天去了一家新开的面馆

那天去了一家新开的面馆，点了招牌的面，突然又想起在西安时一天三顿面的经历。

我知道我又想那种生活了。

我知道我又想那座城市了。

那天晚上没有做作业，我记得很清楚，我想写一个故事，关于我在碑林区吃的biangbiang面，关于那个卖面的帅气姐姐，关于她的嗓音，关于她长到腰肢的麻花辫，关于一见钟情，关于沉沦和逃避。

大概写了一千来字，大概是三分之一。

写不下去了。

我知道，不再吃一次biangbiang面，我是写不下去了的。

放着王建房的歌，秦腔加摇滚。

西安出了好多好歌手，许巍、张楚、黑撒、马飞、郑钧、王凡瑞……还有这个王建房。是水土养人吗？还是这片土地上有太多好故事呢？

爸爸说，不如你以后考去西安吧。

我摇头。不适合的，我知道，不适合。

去不了的。

有一句话，不是我说的：每个人心中都有一座长安城，或繁华静默，或萧瑟残缺。走过万千里路，颠沛流离一辈子，却发现自己从未抵达过那里。

我才离开那里四个月，却好像是四十年。

我想吃一碗油泼面。

就着王建房的歌，吃下去。

2016年6月

被老爸搞怪的“萌”狗狗——我的午间枕头

第三辑

读书之乐

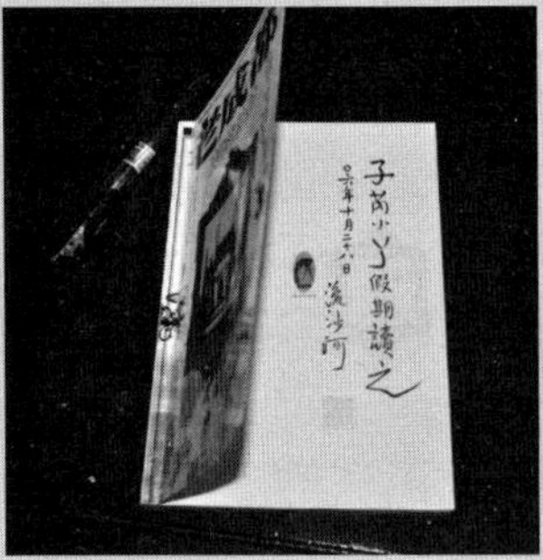

▲

读书，抛开思维的限制、灵魂的枷锁，去探寻一个个未解之谜。
我所孜孜以求的，不是积累华丽的辞藻，也不是将佳句生搬硬套，
而是思考，思考作者写作时的心理状态。
我认为这就是乐，读书之乐。

语文伴我同行

语者，言论也。是为听其言而观其行。

文者，字也。语文之道，乃为分文析字。

小时候，我总以为，语文是那摞厚厚的试卷，是那套笨重的《辞源》，是那一个个像英文字母一样捉摸不透的拼音。我惧怕它，我厌倦它，担心它随时找上门来，那种滋味儿用“不做亏心事，也怕鬼敲门”来形容再合适不过了。即使如此，语文，也陪了我好长一段时间。

在人才济济的班级中，我是那最默默无闻的一个，直到有一天，我去了一个语文培训班——在鱼龙混杂的培训班中，我居然变成了优等生！是呵，我总是从其他地方寻求我所失落的优越感。语文，从那时起，便带给我一种自信，一种奋发拼搏、追求完美的精神。

语文，语言文字。我也对它有了更加深刻的理解。

还记得“春风又绿江南岸”吗？这“绿”字，可是反复斟酌而成。先是“到”字，又是“入”字，没有一个能让王安石满意。脑中突然闪过这个“绿”字。好一个“绿”！言虽尽而意未绝，不正是语文的本质吗？还有贾岛的“僧敲月下门”。选择“推”还是“敲”呢？为此，贾岛还撞了韩愈的轿子。贾韩二人共同思虑，得一“敲”字，以衬夜之寂静。语文不分地位种族，每个人都有权利，反复思索，反复斟酌，全心全意，这不正是它的真谛吗？

我有一次写诗：“渐暖东风抚玉吟，犹自踏歌伴春行。忽闻莺语浅笑溢，袖舞推翻白玉倾。”当时，我在第三句卡住了：我先想了个“又”字，不妥，应有一种异峰突起的感觉，那便“突”吧。我正欲定稿，又觉不当。这首诗写春天，又是柔美的莺歌燕语、佳人浅笑，怎可用“突”呢？太过突兀了。我思前想后，终于想起了“忽”字。它与“突”字意义相近，语气却更为温婉，抒春之臆，再好不过。

我猛然发现，生活中，学习中，处处有语文。

无论是敦煌曲子词中的物理现象，还是英语课文中的“阴阳平衡”，亦或是数学中平行四边形的性质描述，哪一项不与语文挂钩？语文，在生活中融会贯通，生生不息。

荠菜花，春天的风铃

黑　茶

你懂得探索吗？你敢于向父亲提出质疑吗？你会对德高望重的长辈进行反驳吗？“凯蒂旺普斯”[①]，黑茶，电视剧人物的坐姿……

你想到了什么呢？

有一次，天晚，渐热，端起一杯清凉的绿茶，正欲入口，冷不防地，一根锈铁钉被扔进了杯中。瞧——是笑意盈盈的父亲！他笑道：“嗨，女儿，你看吧，茶会变黑的。”黑茶？我按捺住好奇心，等到了第二天中午，绿茶果真变为了黑茶。父亲扬扬得意地对我说：“哈，变黑了吧！”我疑惑地看着父亲，他回答说：“因为茶里有大量的酸，它们与铁锈产生了化学反应。”

“酸？茶里怎么会含有大量的酸呢？应该是碱才对啊！难道是我的判断出错了吗？不，一定不会的，一定是父亲说错了！”我心里的两个小人不停在打架。后来，我去了雷蕾老师那儿，了解了情况。原来，真是我对了，茶是碱性饮料，父亲错了。父亲最后告诉我，他是想考验我[②]。

思考、质疑、探索，原本三个毫无关联的生涩词语，此刻却巧妙地、天衣无缝地联结到了一起。有了思考才会有质疑，有了质疑才会有探索，它们现在是一体的。质疑不仅仅是对老师、对家人、对同学、对朋友、对长辈，也可以是对电视、对书本、对范文、对名家。质疑，不是显示自己的刻薄或是斤斤计较，而是表示出自己伟大的人

①凯蒂旺普斯是指能大声指出错误的代名词。

②经过深入研究，现在我明白了，老师说的、父亲说的分别是事物的一个方面。茶叶的主要成分茶多酚遇水溶解之后，呈碱性，所以茶水是碱性的。茶水里还有单宁酸，单宁酸遇到锈铁钉里的亚铁离子后立刻生成单宁酸亚铁，它的性质不稳定，很快被氧化生成单宁酸铁的络合物而呈蓝黑色，从而使茶水变成了“墨水”。

格魅力以及气质与聪颖。思考、质疑、探索，质疑是最重要的，但少一个也不行。

新版《三国》电视剧中，董卓、曹操、袁绍等几个重要人物的坐姿各不相同，董卓傲慢，曹操霸气，袁绍慵懒。我将这个发现告诉了青羊实验中学的语文学科带头人赵叔叔。他却道：“这是对历史的不恭，古人不可能那样子坐！”我想起了“黑茶”，于是反驳道：“叔叔，你错了，这坐姿里边融入了导演高希希的理解！”赵叔叔虽不服，不过也露出了赞许的目光：“探索！你可真会探索啊！”

黑茶！纯黑中的一丝科学精神——思考、质疑、探索。永远的黑茶，永远的思考、质疑、探索！

乐在其中

——致雪莱先生

亲爱的雪莱先生：

您说过浪漫是乐，冒险是乐，忏悔也是乐，死亡也是乐。也许很多很多年以后，我再回首很多很多年以前，会感叹一句：噫，我乐在其中！

我是在书架的拐角处找到您的诗集的，塑封着，只在侧面留下一条小缺口。啊对，就在那本《英国诗选》旁边。当时的我，用稚嫩的小手拂去上面的灰尘，满心欢乐。

您和拜伦先生都是诗人，都以写诗为乐。我却以为乐在“其中”，这“其中”便是读书。读书，抛开思维的限制、灵魂的枷锁，去探寻一个个未解之谜，我所孜孜以求的，不是积累华丽的辞藻，也不是将佳句生搬硬套，而是思考，思考作者写作时的心理状态。雪莱先生，我认为这就是乐，读书之乐。也许我的表述还不够清晰，难以让您理解，那我就举几个例子吧。柯南·道尔为什么最后会嫌弃他笔下的经典人物福尔摩斯，甚至扬言说他“该死”？罗曼·罗兰为什么会把约翰·克里斯朵夫塑造得与贝多芬的人生经历如此雷同？……这就是挖掘作者写作时的心理状态，这才是真正的乐在读书中。

先生，我乐在其中哇！

先生，现代社会流行着一句消极的话：能活着已是乐。可我仍然记得您告诫过我“冒险的精彩生活才是乐”。雪莱先生，您乐在冒险中，我乐在追求中。也许它们的本质是相同的。我不是一个小富即安的人。和我父亲一样，骨子里流着的，是不甘落后的倔强与坚强。我追求更高尚的品质，更幸福的生活，更美好的理想。但是先生，我是否还是太怯懦了一点呢？不敢冒险，不敢寻乐。

可是乐在其中啊。先生，这“其中”究竟在哪儿呢？

您的忠实的中国读者

2012年12月31日

雪莱先生，听闻您驾驶“唐璜号”出海遇难的消息，我万分悲痛。您用您的一生告诉了我，继续读书，继续探寻，继续追求，乐，便在“其中”了。

收拾起惆怅伤感的心情，我又上路了。照您说的那样做，我乐在其中。

2013年1月23日又即

听流沙河先生讲诗

既然我们可以自由选择生活的形式，那就让它美一点儿，让生命的余味绕梁而不绝。

史学家有一种观点认为，安史之乱是中国历史上最大的转折点。它揭开中国衰世的序幕，让中国用了一千多年都再没能缓过这口气儿。

安史之乱发生在唐代。

我读格律诗，最爱读唐人所作。纵然后世律诗亦有佳篇，但总没有唐代来得浩瀚坦荡、生机勃勃。

今天听沙老讲五言律诗。讲得不多，仅五首，但首首都是经典，以小见大。

我们有我们的现代诗，而唐人的现代诗，就是我们所称的格律诗。格律诗的出现，不仅促进了诗歌的普及和进一步求精，而且它内藏的对称与平衡观念，影响了中国建筑、中国音乐和中国人的行为方式。

格律诗奇迹般地在历史舞台上活跃了一千二百多年，它渗透了炎黄子孙的骨血，渗透了华夏每一寸土地。这在全世界是独一份，而我坚信，它还会继续活跃下去。

《题大庾岭北驿》，作者宋之问。宋之问真的是一个奇葩的诗人，他写诗讨好武则天想要爬上龙床，却因为自己口臭引得武不喜。武死后，复位的唐睿宗第一个就把宋之问远远地流放到了广西。宋之问还走一路写一路，后面跟着一群抄诗的书生。

唐代有一个城市设施，那就是在酒肆、茶馆、旅店、寺庙……只要是能想到的地方，都有一块题诗板。你喝醉了，挥毫写一首诗；你走累了，挥毫写一首诗；你觉得店小二服务态度不好也可以写首诗；你觉得这间铺子的丝绸卖得贵了也可以写首诗……你是忠臣也好，佞贼也罢；你是布衣也好，强盗也罢，写了诗，写了好诗，那就值得传抄。《次北固山下》，作者王湾。他的生平已不可考，但这首诗，却被当朝宰相亲手书写挂在办公室里。谁知道王湾家世如何？为人如何？官职如何？政治和诗歌，在唐代那是两码事。

李白曾写过《赠孟浩然》——“吾爱孟夫子，风流天下闻。红颜弃轩冕，白首卧松云。醉月频中圣，迷花不事君。高山安可仰，徒此揖清芬。”如果没有这首诗，我简直不敢相信历史上曾有这样的人：高学识高修养，却在年轻时放弃做官的机会，白首时仍高卧不出，天天饮酒至醉，宁肯侍弄花草也不侍奉君王。高山安可仰啊！我也只能徒此揖清芬了。我没有一亩三分地，没有资本合则留不合则去。心向往之的那个时代，终归是过去了。

考试的时候，写这些隐士的高洁品质，我总是嗤之以鼻，觉得答案与真相是相悖的。但是听沙老生动的讲解，我突然发现，就该这样。就该这样！中国人应当有的精神，清洁的精神。

一个时代的人反映了一种文化。诗人教我们怎样说话，诗教我们怎样做人。

我看唐代，看到的是大气，是正气，是吐纳从容的宽广胸襟。这是唐以后，都缺少的。

2014年10月12日

初辨庄子和惠子这对好CP

初三时学文言文《庄子故事两则》，语文老师终没有给我讲明白庄子惠子之间的关系。于是我自己总结：相爱相杀。

我没有这样的朋友，所以我无法理解，为何会有这样的朋友——争吵、暗杀、惺惺相惜、孤独祭奠。受教材影响，我对惠子的印象，就是嫉妒朋友、没有真才实学的魏相。

如今才知道，大错特错。今特来辨析。是为初辨。

（一）

首先，惠子并非没有真才实学。他的闻名，就是因为学问大。我们试想，假如惠子真是平庸无能之辈，怎会让庄子如此看重？怎会让魏惠王委以重任？

而惠子身上的神秘与模糊，是因为他的著作在浩浩历史长河中，遗失殆尽。如今我们以管窥豹，只能在《庄子·天下》中看见惠子的“十事”。特摘如下：

1．至大无外，谓之大一；至小无内，谓之小一。

2．无厚，不可积也，其大千里。

3．天与地卑，山与泽平。

4．日方中方睨，物方生方死。

5．大同而与小同异，此之谓小同异；万物毕同毕异，此之谓大同异。

6．南方无穷而有穷。

7．今日适越而昔来。

8. 连环可解也。

9. 我知天下之中央，燕之北，越之南是也。

10. 泛爱万物，天地一体也。

由此已经可以断定，惠子所属名家。

名家，最重要的论点，就是“名”与“实”的关系。而惠子的趋向，是强调实的相对性。惠子强调实际事物是可变的、相对的这个事实。

惠子也有相对论。

“十事”第一条，“至大无外”“至小无内”。现在我们将其命名为“综合命题”。它们的真理不能是必然，只能是或然，因为它们都是在经验中夯实其基础。也就是说，它们都可以被看作假命题。

“合同异之辩”，是名家在古代很著名的辩论。以下辨析，摘自冯友兰《中国哲学简史》：

“‘大同而与小同异；此之谓小同异。万物毕同毕异；此之谓大同异。’我们说，所有人都是动物。这时候我们就认识到：人都是人，所以所有人都相同；他们都是动物，所以所有人也都相同。但是。他们作为人的相同，大于他们作为动物的相同。因为是人意味着是动物，而是动物不一定意味着是人，还有其他各种动物，它们都与人相异。所以惠施所谓的‘小同异’，正是这种同和异。但是，我们若以‘万有’为一个普遍的类，就由此认识到万物都相同，因为它们都是‘万有’。但是，我们若把每物当作一个个体，我们又由此认识到每个个体都有其自己的个性，因而与他物相异。这种同和异，正是惠施所谓的‘大同异’。这样，由于我们既可以说万物彼此相同，又可以说万物被此相异，就表明它们的同和异都是相对的。”

（二）

所以，庄子与惠子的关系，就不仅仅是两位哲人的关系，更是道家与名家的关系。

道家，是名家的反对者，又是名家真正的继承者。与其说庄子惠子相爱相杀，不如说名家道家师徒这一场轰轰烈烈的旷世绝恋，影响了中国的哲学进程（算我胡说）。

惠子，玩儿的就是概念游戏。概念学、逻辑学、政治学。惠子玩儿得游刃有余。但是这些理论体系都无关社会痛痒。流沙河先生认为惠子的理论体多有自相矛盾之处，我却认为，这就是诡辩术。

而道家，庄派，回归自然。什么是相对幸福，什么是绝对幸福，他都有阐述。到底什么是道？什么是名？恕我这十五六年来，从未明白过。

我希望，五六十年后，我能明白。

（三）

请循其本。接着聊CP。

庄子与惠子，还是有满满的JQ（就跟李白杜甫一个样）。

但我还是更喜欢庄子哲学，因为——惠子的相对论已经把我脑细胞烧死一半了。

接下来的一半，就是同属名家的公孙龙的共相论来烧了。

公孙龙的共相论，与柏拉图的理念或共相的概念相同。这个，才真真比诡辩还诡辩了吧。相信“白马非马”的故事，很多人都听过。我实在说不明白，于是全摘：

公孙龙通过三点论证，力求证明这个命题。第一点是：“马者，所以命形也；白者，所以命色也。命色者非命形也。故曰：白马非马。”若用西方逻辑学术语，我们可以说，这一点是强调，“马”“白”“白马”的内涵的不同。“马”的内涵是一种动物，

“白”的内涵是一种颜色，“白马”的内涵是一种动物加一种颜色。三者内涵各不相同，所以白马非马。

第二点是：“求马，黄黑马皆可致。求白马，黄黑马不可致。……故黄黑马一也，而可以应有马，而不可以应有白马，是白马之非马审矣”。“马者，无去取于色，故黄黑皆所以应。白马者有去取于色，黄黑马皆所以色去，故唯白马独可以应耳。无去者，非有去也。故曰：‘白马非马’。”若用西方逻辑学术语，我们可以说，这一点是强调，“马”“白马”的外延的不同。“马”的外延包括一切马，不管其颜色的区别。“白马”的外延只包括白马，有相应的颜色区别。由于“马”与“白马”外延不同，所以白马非马。

第三点是：“马固有色，故有白马。使马无色，有马如已耳。安取白马？故白者，非马也。白马者，马与白也，白与马也。故曰：白马非马也。”这一点似乎是强调，“马”这个共相与“白马”这个共相的不同。马的共相，是一切马的本质属性。它不包含颜色，仅只是“马作为马”。这样的“马”的共性与“白马”的共性不同。也就是说，马作为马与白马作为白马不同。所以白马非马。

好了，脑细胞死完了。我要睡了。

2015年2月6日凌晨

读李碧华

有人是这样评价李碧华的小说的——

“她的文字好像毒药，鲜血淋漓。让人揪心、难受，但又彻悟。应该看，别多看。”

完美准确地描述了我的所有感受。

去年看了电影《霸王别姬》，初识李碧华。惊叹于这一女子的才华与匠心。但真真正正开始关注她却是今年的香港书展。报纸上写她：“（李）低调到独自一人逛书展都不会有读者认出来。”的确，我在网上翻找照片，她的身影寥寥无几，最多也是以风衣墨镜留下一个模糊的印象。开始欣赏她，是看了词条里她的自我介绍，令人忍俊不禁。现摘录部分如下：

喜爱的动物：男人

讨厌的动物：男人

喜欢的花：烟花

讨厌的草：烟草

喜爱的颜色：男色和女色

经常阅读的杂志：银行存折

初吻年龄：一月，吻了邻床的男婴

最想旅游的地方：我暗恋者的心

最甜蜜的经验：复仇

如果要整容会整哪一部分：脑

职业特色：夸张、虚构、捏造、渲染、无中生有、唯恐天下不乱工作上心得：对笔下角色，爱之欲其生，恶之欲其死。

李碧华是第一个，我看了简介就喜欢上的作家。

昨晚看了《青蛇》，今晨看了《秦俑》。那本《霸王别姬》，我是实在没勇气打开了。

李的文字简直让人抑郁。

于是去看电影。

《青蛇》是第一次看。萎靡的画面。惊艳的画面。

《霸王别姬》是第二遍。还是那么喜欢蝶衣，程蝶衣。

于是顺带又把徐克的《龙门飞甲》粗略看了一遍，妖娆阴暗的厂花霸气十足。时光匆匆，细算原来已经二十年。物是人非。张国荣、梅艳芳早斯人已逝；张曼玉、王祖贤、巩俐也是青春不再；陈淑桦抑郁自闭整整十六年，再无新歌，哪里还有天地悠悠过客匆匆的潇洒？再二十年后，活跃在银幕上的陈坤、李连杰会是什么样子？《龙门飞甲》里英姿飒爽的周迅、李宇春、范晓萱，又是否会变了模样？

一直很喜欢叶童，豪爽大气，所以活得也幸福。她在内地，留下印象最深的一定是那个神情缱绻风度翩翩的许仙。那就是记忆里最美的一抹影子。

而二十年后，也许现在的明星也只存在于记忆中了。

李碧华的小说，我庆幸自己只买了三本，六个故事。

不算太多。看多了，会厌世，会悲观，会绝望。

需知道，认清现实诚然是一种境界，但坦然面对、微笑面对，才是生活的态度。李碧华的文字揭露问题、渲染问题，但偏偏不说如何解决。所以结局不是轮回宿命，就是彻底毁灭。

我相信她一贯如此。

但是，我们完全不需要一味沉溺在悲哀的现实里。知道冰冷的真相后，如何抉择，才是我们真正要考虑的。

2014年7月30日

宽窄巷子公交站的银杏叶

我们怎样读书

奉俊哥[①]“圣旨”，去看了看梁启超的作品，在书柜里找到一本《我们怎样读书》。不同于现在市面上畅销的成功学，或是参考书，它的编者并非高谈阔论的商人，而是春晖中学校长范寿康[②]。此书是范寿康于民国16年至民国19年为中学生编写的课外读物。

此书为我在杭州机场候机时邂逅，回家便在网上购买。民国23年首印后，它便未被重印，尘封数十年，今又重见天日，并能为我等带来启发，实是一大幸事。此书收录有梁启超、陈东原、胡适、林世望、丰子恺、夏丏尊、何仲英等大家之作19篇，涉及“为学的目的与方法”“我们怎样学习国文”“我们怎样学习历史、地理”“我们怎样学习数学和自然科学”“我们怎样学习图画、音乐”等五编。这十几万字，可谓字字珠玑，不仅在某些方面对于现在的高中学习尚有价值，而且还可以从中了解到民国中学生学什么、怎样学，以及有哪些学习的困难。当发现现在遇见的难题同样存在于80年前的中学生身上时，也就觉得那个时代不远了，总是有可亲之感的。

最令我印象深刻的是“国文”一编和“数学”一编——

从前学语文，有一个最低限度的国学书目，是胡适开的，足有一百九十多部文献，读了它们，才算是中国人。这浩瀚书海中，我仔细对照，发现自己仅认真读了五六部。吾身汗涔涔，读了这么少的书，竟然还能读到高中，竟然还以热爱传统文化的中国人自居，未免

①俊哥，指成都市树德中学陈龙俊老师。

②范寿康先生，浙江上虞人，我国近现代著名的教育家、哲学家。早年留学日本，曾先后任安徽大学文学院院长、武汉大学文学院教育哲学系教授、台湾大学哲学系教授兼台湾大学图书馆馆长。

早期的春晖中学，曾荟萃了一大批名师硕彦，如李叔同、夏丏尊、朱自清、朱光潜、丰子恺等先后在此执教，有“北南开、南春晖”的美誉。

太自大了，太自大了。

还有数学。什么是数学？我们为什么学数学？数学应当怎样学？我在书里一一找到了解答。现将一些富有启发性的句子摘录如下，望诸君能与我共勉之：

一、数学和哲学在某部分也是难于分出界限来的，因此数学并不只是理科科学的基础。

二、以求善为目的的人们很易将数学轻视，有时更以为数学是使人习于深刻的，应当反对。真正的善本没有深刻与否的问题，后一层没有答辩的必要。数学是以求真为主的，与善有关系吗？数学对于人既有绝大的贡献，本身当然是善的。

三、数学上自有根于理论的证明——使我们的精神的生活不囿于六合之内，这是何等伟大的成就！

当然这只是沧海一粟。

梁启超的《为学与做人》被放在了第一篇的位置。我再摘录一段，与诸君共勉：

诸君啊！你现在怀疑吗？沉闷吗？悲哀痛苦吗？觉得外边的压迫你不能抵抗吗？我告诉你：你怀疑和沉闷，便是你因不知才会惑；你悲哀痛苦，便是你因不仁才会忧；你觉得你不能抵抗外界的压迫，便是你因不勇才有惧。这都是你的知、情、意未经过修养磨炼，所以还未成个人。我盼望你有痛切的自觉啊！有了自觉，自然会成功。

诸君啊，醒醒罢！养足你的根本智慧，体验出你的人格人生观，保护好你的自由意志。你成人不成人，就看这几年哩！

2014年10月31日

唯愿当歌对酒时，月光长照金樽里

侠是一种生活态度，仙也是一种生活态度。

江湖游侠——仗剑天涯，行色匆匆，任性而为，永不后退。有钱的侠，豪掷万金，不吝黄白，金樽清酒斗十千，痛饮便是！没钱的侠，铸钱掘冢，贩卖私盐，势单力薄，极易落在官府手里，试想，劫富济贫哪能如此容易？侠是什么？侠是大人的童话。

天外飞仙——千车万驮，半宿关月，锦衣玉食，怡然自得。有为的仙，博爱天下，为世事而动容，为疾苦而寒心；无为的仙，蜂蝶随香，浪荡冶游，纵情诗酒，一派纨绔模样。虽被流放人间，仍不改仙人浪漫本色。仙是什么？仙是万民的神话。

侠与仙，都离不开酒。江湖全在一个“义”字，酒就是兄弟们交流之媒。你饮一杯，我饮一杯，粗墨重染，好歹饮出豪气来，倘若不豪，哪里配得上兄弟们滔天的义气呢？而仙境云雾缭绕，安逸舒适，酒，既是遣兴之物，又是助兴之媒，或用夜光杯，或用鹦鹉杯，风雅之至。

“十步杀一人，千里不留行，事了拂衣去，深藏身与名。”李白，是想做一位游侠的吧。唐代游侠之风盛极，少年任侠轻财重义、潇洒风流。一个人时，要醉杀江南千万山；两个人时，要对酌山花开。高兴时，要人生得意须尽欢；抑郁时，要举杯消愁，愁却更愁。

作为一位不事生产而沉浸在自己的理想国中妄图匡扶正义从而走上仕途的游侠，仗义疏财绝不可能是常态。金山银山终有穷尽的一天，梦想总有幻灭的一日，认不清现实，认不清自我，只能仰头喃喃，清风朗月不用一钱买。

是的，月光，像一匹素练，从天幕倾下来。侠与仙的不同，正在于仙有月而侠无月。侠这么忙，怎会赏月呢？仙却与生俱来一种泛滥的寒气。花间一壶酒，也须举杯邀明月；人生得意须尽欢，是为了莫使金樽空对月；把酒问月，临风对月，吟风弄月……这些，绝非一游侠所为。

李白自己认不清楚，但旁观者却很明白。杜甫写李白，“天子呼来不上船，自称臣是酒中仙”。一切一切的惊天奇想，都源于半醉半醒之间，他看到的仙境。那一位孤傲出尘、飘逸朦胧的仙人，是他前生的样子。

我不知道李白有没有想过，游侠是不能有月光的。有了月光，那一身黑衣就没有用武之地，那血滴子的轮廓就会映在地上，那柄佩在腰上的宝剑，或许也会因月光而黯然失色。我也不知道，李白有没有承认过自己是一位谪仙。在举杯长啸快意长歌的时候，可能他的心底会泛起寂寞吧。仙人那一身泠泠的冷气，拒绝了血腥的利器，却接纳了那一抹月光，并虔诚地把它印在心房。

突然想到电影《刺客聂隐娘》里那句“青鸾舞镜，剑道无亲”。不仅在剑道，在所有有“道”的地方，都住着一只青鸾。青鸾三年不鸣，有人谓，鸾见同类而鸣！何不悬镜照之？青鸾见影悲鸣，对镜终宵舞镜而死。传说，李白死在捉月台上，他看见水里有人，水里有月，援臂一捞，竟失足落水。人生是那镜中的鸾、水中的月，什么侠与仙，终归于尘土，来去一个人，没有同类。

如果真能穿越回大唐，我愿穿上绣罗衣裳，戴上明月耳珰，替李白斟上一杯酒。只希望这一杯酒不要被立即喝掉，让那月光长长地照进金樽。如果李白就在我面前落水，我不会伸手拉住他。因为即便拉住了，他还是会固执地甩开。见什么众生，我只要见自己！

李白，美酒，月光，这是一个潮湿的盛唐。

2015年11月13日

啸声渐远难再续

嵇康与《广陵散》的故事，妇孺皆知。但有多少人曾静下心来，谛听这七分钟的《广陵散》呢？

有人讶然，表示从未想过；有人不愿，因为今日所传并非昔日之曲。我倒乐意一试。听——开头一段泛音如天人交流，紧接着密集而急促的单音如勇士持剑直刺黑暗，然后大段的虚掩泼刺仿佛昭示着悲惨结局，最后，滚拂交织似二三知己密语，肆意地宣泄胸膺中愤懑不平，又似茶坊里布衣交谈，暗地传播着英雄的事迹。

一曲终了。余音袅袅，三日不绝。我却觉得找了一个引子。

它是《与山巨源绝交书》。这哪里是诀别！这分明是嵇康对知己的倾诉表白。他的不合作态度对于朝廷就是故作清高，他的人生主张是多么不合时宜又触目惊心。悲凉之雾，遍被华林，而刑场上那一片绯色的血光，竟一点儿都没有濯去雾霭沉沉。

七分钟的《广陵散》止了，但这首响了近千年的《广陵散》从未休息。

生离死别太容易，摧残毁灭太容易，衬托得孕育和成长是多么珍贵。隽逸的人格情趣、独特的人生风范就是在长时间的熏陶中逐渐形成的。若我生在魏晋，是会效仿竹林七贤纵情诗酒呢，还是会被铁块般的政治吓得噤声呢？我不敢回答。

阮籍效穷途之哭，影响我最深。虽然起初我无法理解为何他会在无路时哀号恸哭，但我真切地体会到那一片茫茫的凄楚。他只为自己而饮酒，他只为自己而游荡，他只为自己而哭。红尘搅扰，只为自己而活。当这种状态被打破了，就没有路了。我常常在想，城市的路四通八达，走过市区还有郊县，走过郊县还有农村，“要致富，先修路”，随处都是路。我们总不至于无路可走吧？可实际上，人人各怀心思，勾心斗角，每天庸碌地忙着，大家搅在一起，不知道要做什么、做了什么。天风浩荡，梵音鸣响，我们被公交、地铁快速地运往目的地，再也无法信马由缰。

我们才是那群走投无路的可怜虫！

“啸”也是这样吧。当年诸葛亮以啸声剖白志向，美丽而孤寂。孤寂是一个人的，理想是一个人的，而啸声却是天人共适。阮籍在长啸后的几百年，苏轼也有了“何妨吟啸且徐行”的瑰丽词句。我们如今再也无法听见一声声长啸了，再也无法回答其中蕴含的一个个历史与哲学问题了。

回到我的假设。若生在魏晋，我既不愿做那叛逆的名士，也不愿做那污秽的走狗。最好，做阮籍隔壁酒坊里的小媳妇，干干净净地，不与朝廷官府扯上关系，又便于一睹名士风流。

可每个人都有无法逾越的时代鸿沟。那渐渐远去，消失在历史长河里的，除了那悠远的啸声，还有很多吧。魏晋风度，它太高耸太耀眼，我摸不到又看不见。烟云水气早已杳无踪迹，我只能继续仰望，继续谛听。

最是那一阵风

“昨夜西风凋碧树，独上高楼，望尽天涯路。”晏殊的这种情感，我还从未体验过。只是想到了“风”这个字，不由得把眼神迷离到了窗外。

风？

昨夜的东风可是大极了，不似贺知章诗中所述“二月春风似剪刀”，倒像是关公抡着青龙偃月刀，劈开巍巍浑沌，只剩清明，世界为之震颤。这狂风，倒被一些人称作“妖风”，想来也是妥帖的。庭前的银杏曾几何时如此委屈过？被风吹得弯腰，虬曲的枝条变得柔软而韧劲，银杏叶摇晃发出寂寥的沙沙声。几许零落，数缕疏狂。

我家的小小窗台，比不上李煜的“小楼昨夜又东风，故国不堪回首月明中”。我凭的阑干既无雕花，也非玉砌，但风依旧寒凉。我的衣衫都鼓起来了，三更半夜跑到阳台上去纳凉，突然就伤感起来，平白无故从脑子里冒了一句话出来——

我在风中迷惘，又在风中徜徉；我在风中迷醉，又在风中苏醒。

风？果真有如斯魅力？

陆游在床上“夜阑卧听风吹雨，铁马冰河入梦来”。风与雨，一直以来貌似都是相辅相成的，昨个儿也不例外。冰凉的雨珠在风中飒沓，拍打在脸上是有些疼痛的。仓皇地奔回卧室，也学着陆游的样子，盼望铁马冰河悄然入梦。奈何辗转反侧，久久不能入眠，只得偷偷打开窗，去听雨，去吹风。

风果真是有魅力的，不仅如此，还有魔力，吹得人感慨四起，吹得人心潮澎湃。

“夜来风雨声，花落知多少？”儿时朗朗上口的诗句，现在才发觉读懂了，也正是彼时心情的最好写照。寂寞的夜，枯燥的雨，萧瑟的风，还有无聊的人。立夏花已落尽，落了多少我也不知，只知道风带着红楼入梦：“枝头空解梦，梅开风雨后……”

风啊风，已是无尽头，你可知何处有香丘？

最是那一阵风，别了伴随的雨，显得孤苦；最是那一阵风，捎来一壶桃花酿，酒醒何处？

忙懊恼地缩回了头，一阵风，关上了窗。

最是彼时一阵风啊！

记忆中的橡皮擦

“悄悄，是别离的笙箫；沉默，是今晚的康桥。”一刀一刀，在橡皮上雕刻他年轻的心，他沧桑的情。那是他的记忆，不快的、痛苦的、纠结的，我都要用橡皮一一擦去。

夜晚，月光清冷如水；黑白，凛冽而不留情面。他终将离去，终将离去，他究竟是要离开的呀！他说，他挥一挥衣袖，不带走一片云彩。哪能呢？柳条藤蔓系住了他，将他拴在异国他乡。啊不！我要用我手中的橡皮，擦去他的依依不舍，让他回家。

回家吧，收获了知识与红颜的年轻人！中华民国，有一扇崭新的门正为你敞开。不必担心里面有豺狼虎豹，因为路只有走一走才知道；不必担心身后有红尘羁绊，因为我已用手中的橡皮，擦净你所有的苦涩。

可是擦净了又如何呢？他心心念念的红颜，早已嫁做他人妻。站在河沿，参差的杨柳剪碎了一地皎洁的月光；他惨白的脸色昭示着梦——他的精魂，在秋风中被肢解。他曾经说，他要带着她去看月上柳梢、月朗星稀、晓风残月……站在甲板上，端着热咖啡欣赏大西洋的胜景，他们相视而笑莫逆于心，约定着回国去看月亮。可物是人非，原本是“人面桃花相映红”的甜蜜，变成了美人归去，月色凄清。易安君哪，您的舴艋舟，载不动这许多愁啊！

忘了吧，创造了曼妙诗歌的年轻人！创造了锦绣华章的年轻人！不必担心前头有恶鬼夜叉，因为你用一支笔便可以统统刺破；不必担心身后菲薄妄议，因为我已用手中的橡皮，将你对她的眷恋擦净。

可是擦净了又如何呢？他娶了一个如皇后般傲慢的上海女人。抽烟、喝酒、打牌、跳舞，一点呢喃，千般妩媚，万种风情。她亦是个可怜人，娇艳如斯的女子竟沾染上了肺病。他尽管娶了她，貌似爱了她，可事实上谁也不知道这是怎么一回事，婚前百依百顺，婚后渐生分歧。糟糕，我忘记了，他是个文人，更是个诗人。再昂贵的进口橡皮擦，也擦不去他的不羁。

放下吧，辨识爱情滋味的年轻人！饱尝后悔苦果的年轻人！不必担心前路有荆棘铺地，因为你的笔就是弯月样的镰刀；不必担心路人甲的谣言谬论，因为我已用手中的橡皮，把你的不净都擦净。

可是擦净了又如何呢？凤凰只在烈火中涅槃、飞翔、旋转，脱离世俗的束缚。他乘坐的飞机，爆炸了。熊熊的怒火从胸膺迸射，击碎了所有捆绑他的钢索。啊不！老天爷，我求求你不要让他死去！他是上帝的儿子，是高洁的天使啊，老天爷，你怎么舍得让他死……

我踉跄地跑去找那块记忆中的橡皮擦，擦净！擦净！！可是什么也擦不去！！！他的容颜上有了破损，从此橡皮擦的魔力，再也擦不去他的记忆！

是的，从此世上——

再无徐志摩……

我犯了个错误，这个大错特错的行径。他是天之骄子，也该拥有属于自己的人生！我从一开始就错了！错了！！错了啊！！！他哪里能为我所掌控？！哪里能啊……

缺月挂疏桐，漏断人初静。我用手中仅剩的橡皮屑，擦去我痛苦的记忆，眼前仿佛还出现了大洋彼岸，与心上人在甲板上赏月的翩翩身影。

从此，世上再无徐志摩，再无记忆橡皮擦，再无我。

而我又成了我，写下我记忆中的橡皮擦。

既然琴瑟起，何以笙箫默？此刻，月舞蹁跹。

2013年4月20日

武松杂谈

春寒犹在，仰望着天上的风筝，那根细细的线，紧紧地缠着我的思绪，随着风飘着，飘着，眼前竟恍惚潜来一个又一个画面。人，像泡泡一般，来了又去……

那个殷红色的泡泡里，是否藏着武松呢？轻一触，只见鲜血飞溅，伤了脸。武松，何许人也？不过是长江水中悄然浮现的一瞥罢了，笑得很沧桑。怎么看武松呢？一个鲁莽的、杀人不眨眼的恶魔，可；一个仗义的、机灵的、胸怀豪情的英雄，也可。武松是一个生来就注定带着传奇色彩的人。无论是小说中，还是舞台上，都把武松表现为一个美男子，与武大郎形成鲜明的对比。可是，真是这样吗？

当武松一股脑儿灌下十几碗酒，双颊绯红，在没有遇到老虎之前，定也只是小人物吧。北宋距今一千多年，打虎英雄，亦真亦假已无从考证。只是觉得，武松这人胆子倒挺大，也是个机灵的主。报仇西门庆、醉打蒋门神的确仗义，可是看到他虐杀潘金莲，大闹飞云浦，血溅鸳鸯楼大杀无辜，一切的一切，却让我觉得武松只剩下血腥，再没有半点豪情。

绰号“天伤星”，结局亦是如此。断臂成佛，也许凄苦，但在我看来，配在武松身上正合适。痛在肉身，伤在心里。这，也只怕是这位“天伤星”的最好结局罢。

泼出去的水是收不回来的，溅出去的血也永远凝固在黄土地上，怕是被沙土掩埋了罢，但在我心里，仍抹不去武松这个纠结的英雄。

2011年3月

逐 梦

多少恨，昨夜梦魂中。

不知为什么，梦里，总是会牵扯上恨。李煜独上西楼，梦他的故国，恨他的懦弱，他的恨与愁，恰似一江春水向东流；蔡邕饮马窟行，梦他的焦尾，恨他的柯亭，他的怨与恨，正是青青河畔草，绵绵思远道；苏武匈奴牧羊，爱他的嫦婉，恨他的荒凉，他的爱与恨，不过生当复来归，死当长相思。梦这东西，往小了说，就是“飞花逐流水，经年各自欢”；往大了说，不过是一场追逐。恨在追，我在逐。梦那么重，生命载不动；梦又那么轻，如漫天羽翎飞乱。

也不是没有幻想过梦，可在逐梦的过程中，总是担心遇到恨。怕像民国才女吕碧城一样，一不小心在逐梦中由于倨傲迷失了自我，落得个凄清下场。想通了其实便也豁然起来。人生有梦，大不过一场追逐，无论结局是圆满还是此恨绵绵无绝期，只要活得恣意随性，就不枉世间轮回。

多少事，都付笑谈中。

逐梦的辛酸历程，往往碰到一些事。流年不利者，或遇乱世，此为不幸之事；怀才不遇者，或无贤主，此为大憾之事。天时、地利、人和，共同主宰这世间万事，茫茫人海，必有十之八九终生不得圆梦。试想三国中各方人马互不相让，争权夺利，只是为了个人“皇帝梦”，做一统天下的英雄。逐鹿中原，此真人物耳！逐鹿，实则逐梦。多年追逐，最终皇权落入司马氏之手。而那些个所谓将军、英雄，或沦为反面教材，或陷入小说深渊，成为千百年来茶余饭后布衣的笑料谈资。

再看大观园内，形形色色人们的梦。贾探春梦想做男儿外出经商，可梦终究敌不过现实。她的远嫁，只能儿女情长地，泪满春衫袖，再呼唤一声："奴去也，莫牵连……"宝玉生活在各大美人之间，浑身沾满脂粉气。世事难料，贾家破败后，离家时宝玉也不过一叶扁舟、一袭青衫，空给后人留下一个清幽的背影。黛玉一生哀婉恬静，临死时将爱情信物付之一炬，一口鲜血染红了千年的岁月，染红了她最后的梦。红楼梦，实则一场梦红楼。

多年追逐，兴盛的自然兴盛，倾颓的悄然倾颓。像刘姥姥初进大观园一样，他们在历史遗梦面前仅仅是无知的孩子罢了。笑料、谈资。

多少梦，不敢与君同。

诚然，我亦有梦。人生短短百年，就是梦百年。文字，带我去到有梦的世界，忘不了它，最是那一低头的温柔，那一回眸的缱绻。楚天云淡，唯愿君心似我心，不负追逐明月共鉴。魂牵，今生有梦相伴。

梦，大不过一场追逐。

2013年9月

正邪在其中

——观《神探夏洛克》有感

在我心里，Moriaty和Sherlock不存在正与邪之说，他们是一样的，一样令人着迷。

可是我的心真真实实地沦陷了，尽管从严格意义上说，我并不能算作一个“福迷”。我该如何取舍？这种迷恋，对于我来说，是正还是邪？

对了，一切自在人心。

——题　记

“The gun！”标准英音的响起，震荡了空旷会议室中原本就稀薄的氧气，枪口跳跃着诡异的火焰。

“我喜欢在暗处，看着你翩翩起舞。”

在这里，“我”是James Moriaty，“你”是Sherlock Holmes。亦正亦邪，一止一邪。

记得小时候，我常指着电视屏幕里的人物问妈妈：“这是个好人还是个坏人？”妈妈却没有像其他家长一样单纯地回答一个“好”或“坏”，而是耐心地给我讲一个道理：世界上没有纯粹的好与坏、正与邪，一切自在人心。你认为他好便好，他坏便坏。这道理倒是大了些才逐渐明晓，但那种辩证的思维早已在我心中根深蒂固。

可是我又不免有疑问：这儿又作何解释呢？

Sherlock和Moriaty都是神一般的天才人物，思维理性敏捷，观察细致准确，勇敢与果断丝毫不逊于对手，举手投足，英国绅士风度一览无余，那么优雅，那么高贵。他们都是迷惑的人解惑的对象。只不过，来Sherlock这里解惑的，是伦敦警局，来Moriaty那里咨询的，是罪犯。

正与邪的定义重点仅是在于警局与罪犯么？太不稳妥。

Sherlock可算正义。他帮助警局破了一个又一个疑案，自己却没有留下名字。

Sherlock也可算邪恶。他只破有趣的案子，对于普通的情杀他拒绝帮助，甚至在他眼中，这样的人命也可草菅。

他常感无聊，无心拉小提琴，只着一件半敞的丝质睡袍，蜷在沙发角，时而亢奋地跳起，拿着枪往墙上开，故意制造煤气泄漏引起爆炸。他去鞭尸，贴尼古丁片，提取血红素……倾尽所能，“无恶不作”。

Moriaty这个与Sherlock除去立场而外几乎完全相同的传奇人物，可想而知，他的生活会如何乏味而了无生趣。

Moriaty比Sherlock晚出名几年，既然一方抢做了咨询侦探，即所谓的“正”，那么另一方别无选择地只能做咨询罪犯，即所谓的“邪”。我曾有一个疑虑：为什么他俩不可以成为挚友呢？不过我很快否定了这个愚蠢的念头。在一个传奇人物的身旁，怎可容下另一个传奇人物，特别是个立场、道德完全相反的传奇人物呢？他的身旁，只能是一个类似John Walson的人物。一个旁观者，一个记叙者，一个在生活中互补的人，这个人需要有坚定不移的决心、丰富的专业知识，并有一个能够忍耐在冰箱里藏一颗新鲜人头等陋习的美好心灵。只有这类人，才有资格作为一个显赫的配角，站在传奇人物身旁，观摩他伟大的“战绩”。这样的人，断不可能像如上两人一样，是个天才。因此，Moriaty与Sherlock，只能站在相反的立场，一正，一所谓的邪。即使做不成挚友，做一个对手也是好的。那就，做一个危险的对手吧，正邪交锋，刺激，挺好。

这样复杂的关系，不如用一个成语形容：惺惺相惜。可这样说来也怪了些，正与邪惺惺相惜？好吧，这样也就可以解释为什么当Sherlock遇到破案阻碍的时候，Moriaty还要想方设法提醒他。这种传奇惜传奇、天才惜天才，正惜邪、邪惜正的程度，怕是比三国时候张飞与马超的英雄惜英雄深得多了，正与邪，怕是也分不清了罢。

固然，往往一个成功的伟岸形象是依托一个大反派而塑造的。如果没有Moriaty，Sherlock的绝大部分案件都会随之消失，那份绚烂的精彩也会黯淡许多。正如没有曹操的奸诈，就没有刘备的仁厚；没有夫差的铁蹄，就没有勾践的崛起；没有蒋介石的无信，就没有张学良的大义。凡此种种，都是用大邪以衬大正，可我并不认为Moriaty是一个大反派，尽管很多学者这样认为。“一切自在人心”，没有Moriaty的鞭策，Sherlock也不会有如此辉煌的成就。

这样，还会有正邪之分吗？他们已经浑然一体了。

生与死的搏击，罪与恶的挣扎，疑与惧的较量……一千个人心中，就有一千个哈姆雷特。

一正一邪，不过是亦正亦邪，或并正兼邪。

像妈妈说的：一切自在人心。正邪在其中，这“其中”便是人心。

正邪自在人心，你如何看，它便如何定义。

普通人的革命

——观影《天安门》有感

新中国的革命，荡气回肠，催人奋进。英雄们用血染就的鲜艳的旗帜，在天安门上高高飘扬。

这是革命！这是有志之士的革命！！这是有能力、有头脑的人的革命！！！

那么普通人的革命呢？也许不过是满腔热血的追随，亦或是振臂高呼响亮的口号，以压膺中义愤罢了。但晋察冀军区的舞美队，却用28天的时间，完成了上级交代的任务，成功地布置了开国大典前的天安门，为中国近代史画上一个精彩的句号，为新中国的发展前进揭开了崭新的序幕。

你难道说，这不是普通人的革命？

幼时去天安门，懵懂无知，不晓得革命为何物，爱国为何物，只留了一张挂着憨实微笑的泛黄旧照片，背景是一片灿烂的红。逐渐长大，我了解得更多，思考得更深入，也愈加觉得，舞美队接下的任务，是那么艰巨，他们身上迸发的鲜活的动力与激情，是多么耀眼。

这是普通人的革命！诚然，他们没有成为革命的领袖，没有为国家做出更多的贡献，但他们依旧用生命，畅快地写意，在革命的熔炉里成长，尽情地泼墨挥毫。

对于上世纪的人而言，拥护毛泽东思想、马克思主义的领导就是一种革命。常言道“革命靠自觉”，这句话也常被引用在学习中。联想到自己，学习又何尝不是一场革命？艰苦的奋斗与准备，上场时的浑身解数，退场后的激动或垂泪。但是，学习却又比革命单纯得多，也简单得多。学习的好坏，是个人的事；而革命的成败，则与国家兴亡有着必然的联系。学习的简单，在于考后分数的不可更改性；而革命的复杂，在于一步错，步步错，丝丝相连，环环紧扣，但在瞬息之间，却又可更改全局，扭转胜负。新世纪的发展与辉煌，必将是学习的革命，普通人的革命！

胜，功成名就，名垂千古；负，节节溃退，民族耻辱。

普通人的革命，不在于惊天地，而在于争朝夕。

孩子，你问我后悔吗？不，爷爷告诉你，虽然我没能和毛主席握手，但那大红灯笼，却在天安门上挂了六十年啊！

——摘自电影《天安门》

革命的字典里，从没有“后悔”这个词。

普通人的革命，亦然。

2012年11月25日

孤　独

加西亚去世了。

而我还没有看完他的代表作。

曾经有一个最难懂的书排行榜，第一名是《红楼梦》，第二是《百年孤独》。或许我是中国人的缘故，我并不认为《红楼梦》难懂到如斯程度，但是《百年孤独》……我曾经在书店里一次次拿起又放下，看了无数次开头却没有看到一次结局。

体考之前认识了尹子涵。我给了他林清玄的散文，而他给了我一本《百年孤独》。

在他敦促之下，我又开始重读《百年孤独》。

还是没有看懂，到现在也只看了三分之一。

决定放下了，等我再大一点，再看。

这并不丢人。平心而论，从小到大，真正看懂的外国文学名著只有《悲惨世界》和《傲慢与偏见》。至于《红与黑》《茶花女》《欧也妮·葛朗台》等等等等都没有看懂。

不过，如果我现在重读上述几本，应该是没问题的。

所以从以上混乱的叙述中得出一个结论——《百年孤独》真的很难懂。

不过我很怀疑，尹子涵是否真的将《百年孤独》读懂了……

加西亚去世了，也就是《百年孤独》的作者。

他给这个世界留下了千年的孤独……

2014年4月19日

小女子今儿个想胡诌几句

尚记得小学曹老师教我们拼音和普通话的时候，捧着一张张过关单翻来覆去地读啊念啊。那时就真的以为普通话是最洋气的了，四川话，方言嘛，好俗气。

慢慢地长大，思想也慢慢有了变化。不知从何时起开始关注四川话的发音。老家的入声字，尚还保留着古音，我一两岁的时候还会冒几句，现在倒是一句也不会了，模仿得也颇没有味道。

或许是听了李伯清的评书，加上初三的化学老师张可是个土生土长成都人，不免开始对成都土话产生兴趣。我才明白，为什么要学普通话，是为了沟通方便；为什么要拯救方言，是为了留住每一个人的家乡。

有几个好朋友，是重庆人。虽然现在重庆已是直辖市啦，但在我们心里都还是川渝不分家的。跟着谦谦去重庆，吃着那里的特色土豆，不免开始争论谁的家乡更好、哪里的土豆更好吃、哪里的烧仙草更便宜、哪里的方言更好听之类的问题。

其实也没啥争论的必要。月是故乡明，当然每一个人都觉得故乡好。我还记得我做的最出格的事情就是在公交车上骂了一个喋喋不休说脏话骂成都的江苏老太太。那次真是把咱气惨了。

后来开始听京剧，有一些字的读音不像北京话（那时的我天真地以为京剧全说的是北京话），才慢慢发现有一些字的读音与成都话很像，如“解”“谐”“喊”等等（这一点在现在的班主任柯老师身上体现得尤为明显，并且这种读音只有老一辈成都人才习惯说了，年轻人很少说的）。听得越多，兴趣便越浓厚。当然我知道现在我仍是个门外汉。道阻且长啊。

再一次的发展节点，是开始学昆曲。尖字团字，还有南曲北曲字音的区分，还有那些我到现在都还弄不清楚的韵，它们为我打开了一扇崭新的窗。听评弹，听苏白，我深为方言所迷。

我最喜欢学中国古代史，喜欢春秋战国群雄逐鹿，喜欢秦汉隋唐繁荣盛世，也喜欢魏晋名士风流。但我最喜欢的朝代还是宋朝。有一句话，说的是："宋朝之后无中国。"（我似乎有点儿汉民族主义的倾向，不喜勿喷。）

好啦，循其本，接着说字音。

以下的文字很多都是查阅资料的，非完全原创哈。

宋朝是中古时期，宋人的语言和现代的粤语、闽南语、客家话和吴中语有相似之处（具体的发展进程和区别就不一一赘述，毕竟我不是古汉语专家）。见溪群疑啦，韵腹啦，韵尾啦，浊音啦，我到现在还是搞不清楚。我真是想买本《广韵》学学，移民到宋朝好好过日子。"肺腑之言"，我一直理解为是发自内心的真诚言论，现在才明白，它的本义是出自肺部和腹部的语言。因为普通话的发音是通过嘴音，而南方语的发音中很多是肺音、腹音，这样一来，这个成语就好理解多了。南宋，首都迁往临安，所以临安雅言成为了标准音的一种，虽然属于吴语，但其中也有很多中原话的痕迹，流传到今天，杭州话中还有中原话的痕迹。

很多古文古诗词读起来不押韵，除了自身的文学功底，还需要客家话、闽南语、粤语以及江浙吴中语的融会贯通。

说起来，韩国神曲《江南style》中"江南"两字发音与泉州话一模一样，因为韩语汉字读音以明朝雅言《洪武正韵》为标准音。所以可以推测，古语的发音听起来就像越南语、泰语发声习惯，黏腻软糯。

有时候因为自己不是苏州人而遗憾，因为不会说苏州话。但是现在慢慢也释然了，一方水土养一方人，我们要爱自己的方言。朱老师说了三年的“你这个瓜女娃子”言犹在耳，虽然有重庆口音，但是以后，可能再也听不到了吧。

我爱我的方言。记得2013年清明节，我还专门写了一首诗来赞美成都话……哈哈！

但是呢，我也想继续研究研究古音。路漫漫其修远兮，吾将上下而求索！

2014年9月27日

第四辑

函青·潮湿的心

▲

成都平原没有江南的梅雨，唯有秋雨能得梅雨的二三分精髓，那就是潮湿。
空气是潮湿的，棉被是潮湿的，心也是潮湿的。
成都的雨再怎么绵延也不及江南雨动辄好几个月，
但就这一天就够了，足以让人迷恋。

函青·潮湿的心

就喜欢成都的这个天气。

下了一天的雨，打伞可，不打伞亦可。埋头看着打湿后紧紧贴在地上枯黄的叶子，看着汽车飞驰带来一串又一串铃铛般的水珠，我竟然、竟然不知道，我脚下踩的究竟是哪一方土地了。

喜欢这样的雨，绵绵地下，拖拖拉拉地下，死活不肯走的执拗，多好。

原来写过一篇文章，叫《秋雨》。一年多了，时间真是快。尚记得在那篇文章的末尾，我第一次署名“函青”，第一次印上“函青阁主”——不是篆刻，而是我闲来无事摆弄的橡皮章。自己做的，线条不工整，还划伤了手。就像那篇文章一样，懵懵懂懂，胡诌几句。

还没有到冬天吧，我是这样认为。成都平原没有江南的梅雨，唯有秋雨能得梅雨的二三分精髓，那就是潮湿。空气是潮湿的，棉被是潮湿的，心也是潮湿的。成都的雨再怎么绵延也不及江南雨动辄好几个月，但就这一天就够了，足以让人迷恋。

一方水土养一方人，这话是绝对的没错。

我为什么叫“函青”？其实自己也没有个答案。偶然翻着前人的印谱，觉得这个名字甚是好听，又带着我最喜爱的颜色，那便叫了吧。后来细细琢磨我这个名字，真是活泼得很，活泼得很。函，信笺也。古人写信在竹简上，往往要在小火上烤干了，颜色由青绿变成棕黄（这个过程即为杀青），再寄出。若是函青，那便是急信了，等不及烤干就寄了出去，可见这位写信人是个十成十的急性子，也倒是蛮符合我的性格。

还有一种潮湿，是我在庐山见识过的。盛夏，庐山里水雾弥漫，云烟缭绕，秀美非常。出门逛山，好像整个人走进了水里似的，寻不见前方，看不清来路，就往前走吧。走近来瞧，噢，这是美庐！再走几步，噢，这是植物园！

但这种潮湿我不是很能承受得住，我父亲也是。他在庐山避暑时风湿——他年轻时老家发洪水时患上的风湿复发了。我仍能记得他拄着拐杖戴着护膝艰难爬山的模样，那是一个壮年男子过早老去的背影，和他紧皱的眉头一起，深深地埋在我的内心。

同样是盛夏。记得小学五年级的时候，我一个人坐火车去南京。中途要路过徐州站，我便央求对面靠窗的客人换位置，我说我要看看徐州。那时是深夜，火车上很热，很闷。我举着手机，要给徐州站照相。别人打趣我，说是不是我男朋友在徐州，我抿抿唇。其实不然，小学时候沉迷于《三国演义》，疯狂地迷恋刘备。我给自己说，我要看看当年刘备驻扎过的徐州。我仿佛忘了，刘备最多的出场就在我这片巴蜀大地，武侯祠就在成都，离我家，貌似也就是五六站公交车程。

当时是照了相的，黑乎乎一片，什么也看不清。其实窗外本来就只有深邃的浓黑色，我臆想中的城郭、吊桥、护城河，皆是虚无。连星星也没有一颗。但我还是视这张照片为珍宝。过了一两年，对刘备的崇敬逐渐地减弱了，也逐渐遗忘了照片这件事，一次在清理手机照片的时候，以为这黑幽幽是误拍的，就删了。过了好半天才反应过来那是徐州。后来又随着潮流换了智能手机，就连心里的徐州也没有了。

纯属偶然，在QQ上认识了来自徐州的魏兄，应当是一位纯粹的书法家。我于书法是没什么造诣的，最多也不过是父亲常在家中泼墨挥毫，我耳濡目染，很是喜爱。我敬佩魏兄的专注认真。虽然交流不多，但有时在网上见到新的作品，也会仔细欣赏；见到他有什么成就，也会衷心为之喜悦非常。于是我又想起徐州这座城，想起我童年的执着 ，想起那个盛夏的晚上，我坐在硬座上呆呆地望着窗外的模样。心中的潮湿感，当时有，而经过这么多年的发酵，现在更加浓烈，更加深厚了。

冬天是从心底里发出的悲啼，而晚秋就是将哭未哭之时，眼底的迷蒙。秋雨是撑伞女子回眸时候不经意抛来的眼波，润润的，凉凉的，潮湿到了心里去。那是怎样的一种透骨生香！

所以我叫函青。地狱的烈火没有蒸发我的水分，而天堂的云朵也没有浸染我的墨迹，我独爱人间的潮湿。

2014年11月9日

紫丁香，没有愁怨，她是江南女子不经意的回眸。

高考之外

天灰蒙蒙的。他来得很早。

彼岸的芦苇随风轻摇，一丛丛一簇簇，竟比枝头的挂果来得更婀娜丰饶。他来得有多早呢？河面上荡着一只小舟，在喑哑的背景里欢快地向前，那渡舟人的背影显得寂寥却充满勇气。

“船家——”他呼喊着，期冀着那渡舟人调转船头。那人果然如此做了。帷帽下那张脸看起来和他一样年轻。

“船家，能带我过河么？”那人的眼球碌碌一转，扑哧一声笑了，拿着桨指了指自己的小舟：“就这小破船，我一个人都不方便，还能指望搭上你么？”

他低头仔细打量着小舟，似乎，的确小了点。“今日甚早，为何只有您一位船家？其他的船呢？”

那人笑得更加开怀，眼里透着诧异，“早？不早了。我都是最后一个抢到船的了。”他一顿，“不过，也算早吧。你是结束之后来得最早的一个。还有，我不是艄公。”

那人拉下了帷帽，调转船头，又悠悠地往前荡去。他闻到一种闷闷的香气，是潮湿的泥土的味道，好像还夹杂着一点血腥气。

他诚然是来得最晚的一个。河面上已经没有船了。

在昨夜清凉的月光下，一大群年轻人像疯子一样奔向渡口。还没到河边，他们就打起来，看不清招式——好像每个人都是同样的招式；看不清表情——好像每个人都是同样的表情。刀光剑影，瞬间血肉模糊。决胜者随手丢弃了武器，跳上河边那零星系着的小舟，大力划桨向前飞奔。大树后闪出一个人影，正是那戴着帷帽披着斗笠的渡舟人。那人蹑手蹑脚地解下了藏在树丛里的一艘船的绳子，正欲离开，看见陆上一片惨淡，微微叹了口气，挖了坑，将所有的失败者和他们的武器丢进去。

他正好站在这潦草的坟墓之上，他以为他来得最早，其实这场战役已经结束了，那人已经善良地做好了善后以至不会让他这样的文弱书生呕吐。

已经没有船了。

彼岸，永远的彼岸。要怎样才能成为此岸？或许再等几年，等到青丝成白发。他恋恋不舍地望着芦苇柔嫩的身躯，那娇软活像一条美女蛇，盘踞在他的心里久久不去，颓灿又上瘾。

他转身离开了，带着懵懂的泪水和他从未示人的武器。恍惚间听见那人高亢的渔歌："最爱人间六月天，一叶扁舟湖海间。良辰美景匆匆散，奈何前途满霜剑——"

他走了很久，跋山涉水，披星戴月，不知今夕何夕。这样的行走，无异于自暴自弃：他往沙漠前行，离他魂牵梦萦的芦苇愈来愈远。他曾经的同伴西装革履，劝他放弃，他浑然不听。他还是那个他，只不过青涩的胡茬变得硬了些，皮肤变得粗糙了些，背上的行囊重了些。他从楼兰古城进入沙漠，然后和着阵阵驼铃深入腹地。骆驼的背很宽，他的两腿大张着跨在上面，已然失去了知觉。过去的白面萧郎，如今脸上泛着红黑的油光。

他身无长物，除了坚毅的目光像狼一样让人畏惧。"没有芦苇，我还有胡杨。"他想。

于是眼前真的出现了胡杨林。它们很高很坚挺，脊背笔直一丝不弯。他拍拍骆驼的脖子，它听话地跪下来，他翻身落地，踩在软绵绵的沙地上，脚步虚浮。

突然，冲出一个精瘦的维吾尔族老头子："不！停下！不能过！"他疑惑地回头。"你会陷下去的！"

“这一片是我祖先的墓葬，风沙很大，埋了不少。你若独自跨越，会陷下去的！”

他礼貌地问：“老人家，可否带我过去？”老头子点点头，将他领过这一片凶险的胡杨林。谁料胡杨林的那端居然连着一个碧蓝色湖泊，如同一只幽深的眼睛嵌在金黄色的头颅上。“唔，有湖，是不是很奇怪？”老头哈哈笑着，“沙漠里没有水我还怎么活？这是我平时打水的地方，地下水补给的，很珍贵的淡水湖。”

“不，我不奇怪。”他眼里噙着泪光，手指着湖边一丛丛茂密的芦苇，“我找的就是它。”

“芦苇，芦苇，我坚信能找到你。不需要到达未知的彼岸，我只要开辟另一条路，哪怕更加困顿更加艰辛。”千篇一律的黄色的沙，在他眼里都是遍地黄金，沙漠里比金子还珍贵的湖泊边，是他梦寐以求的芦苇！

他快步走到湖边，倾下身子亲吻芦苇，然后失去了知觉。

叮铃铃——闹钟的声音像锯子一样锯开他奇幻的梦境。他睁开眼看到的第一个东西就是墙上挂着的“距高考还有002天”。他怔忪地穿好衣服，欻的一声把墙上的挂图撕下来。

除了一叶扁舟渡大江，还有金黄的沙漠可以走。

他闭上眼，看见芦苇在江边朝他招手。一瞬间，唯见江心秋月白。

2016年1月

把惬意带给生活

今天的阳光特别灿烂。

伸开五指，感受着温暖透过指缝，直直地倾泻到身上。整个人，被淡黄色的光晕笼罩其中，像一尊九天仙子像，隐隐的轮廓镏了金。

好久没有这般惬意过。

太久太久，奋不顾身地投入题海，回首才发现，生活是那样平淡无奇。竟不曾在中秋抬头望圆月，也没有在春夜听牛毛珠落；盛夏的蝉聒悄然成了噪音，每日抽出时间浇花弄草已经变为奢侈。反省自己，竟错过了那么多花开花落、云卷云舒。生活已全然被紧张忙碌的学习所覆盖，日复一日的功课蒙蔽了我们寻求身边惬意的双眼。即使是去大自然采风，也少了梅尧臣“适与野情惬，千山高复低。好峰随处改，幽径独行迷”的那种随意、肆意，与惬意。

生活好像一杯白开水，加了繁重的功课，变成了一杯苦咖啡。那么，为何我们不在功课之余加进去一点惬意？就像，给咖啡加上一块方糖。入口依旧苦涩，回味却是甘甜。

如果我说，生活是一张白纸，我们可以在上面肆意地涂写。那么，我会在上面泼洒许许多多的颜料，尽显张狂。它们在纸上，变成奔腾的骏马，变成飞扬的流苏，变成倨傲的雄鹰，变成古朴的水车。用眼睛，把惬意发现；用身体，把惬意感受；用心灵，把惬意领悟；用文字，把惬意带给生活。

阳光洒在树上，投下层层叠叠的光影。一个人，疏疏落落，站在古屋旁。

生活，这般惬意。

入　秋

入秋，夜记所感。

今曦寒而烂漫，张指即感近乎于冬之暖，泻于其身，沁然；如像而镏金，皆叹惋。

寻余立于旧屋，如有所思。发短而未齐肩，以箍圈之，未果，遂使夹饰之。一瓷钏隐于袖间。思吾生，愁绪平添。月其圆兮，乃无常；雨其细兮，乃无感；聒其噪兮，心之所烦。略景几何，盖几许，实则无数。

生被八股所覆，功利障目，兴致自年前，既寥寥。泉本甘，烦恼者，黄连也。何不添贻其中？苦而回甜。

余常涂写于细绢，母斥之，曰：“费也。”愿绢裹可洒墨挥毫，以显吾张狂本色。如奔马，如流苏，鹰，亦或危楼。添惬于生，岂不快哉！

何谓惬？余谓之，执卷。非细读而品触之感，或午后香茶，或斜阳欲落，或昏黄油灯，指尖对黄麻。足矣！

身冷，无火；弃笔，怎舍！何日无曦入户普度？何日无琐屑莽莽匆匆？盼烈酒入喉，可解几丝烦忧，怎料，温酒已逝，伊人无觅。友人拔下白发竟数十！韶华悄然掩于浮土。风散尽锦上之灰。

余仅需如春之阳，可照其并使之暖与风同。君，可赐吾一拥乎？

寒哪！魂几出窍。

罢，罢，不再动。意乱心烦。空得浮生不满半日，料今夕无人思我之所思，遂记。

与周公论诗去！末几，如愿。

孤独是一种修行

原来我一直不喜欢陶渊明，讨厌去记忆“洁身自好，不与污浊的世事同流合污，不在黑暗中失去自我”这般套话。直到学了王维的《终南别业》：“中岁颇好道，晚家南山陲。兴来每独往，胜事空自知。行到水穷处，坐看云起时。偶然值林叟，谈笑无还期。”

再读陶的《饮酒》：“问君何能尔？心远地自偏。”自此始，我觉得我理解了他的“隐”。

陶渊明的隐与王安石的不同：王安石官至北宋宰相，位极人臣，他的隐是为了不隐；陶渊明悠然见南山的情怀，是一种逃避，也是一种放逐，更是一种孤独的修行。

这儿又引入了一个名词：南山。南山南山，终南山，秦岭的一段。李白赞道：“出门见南山，引领意无限。秀色难为名，苍翠日在眼。有时白云起，天际自舒卷。心中与之然，托兴每不浅。”现在，道教圣地终南山又被开辟成了旅游景点，新修的庙宁、盘山路，虚伪的气息扑面而来。终南山上有一群人，据统计五千有余，世人叫他们“终南隐士”，我却更喜欢唤他们为“南山僧”。与高寒青藏虔诚的苦行僧们相比，南山僧们更显得有血有肉，更真实。与充满了现代感的各大寺庙中超级和尚们更是不同：他们没有庙宇，只有亲手搭建的木屋，自己种菜、看花、扫院，孤独地修行。隐士五千，修行者也不过寥寥耳！

叔本华有一段话让我极为喜欢：只有当一个人独处的时候，他才可以完全成为自己。谁要是不热爱孤独，那他也就是不热爱自由，因为只有当一个人独处的时候，他才是自由的。要么孤独，要么庸俗。

我生活在城市里，独处时怕是个俗人吧。期末考试结束了，一学期的劳顿结束了，暑假与下期的忙碌又即将开始，眼看着光阴一点一点被剪碎，我觉得我的心好空，好空。但是无论如何，我还是不得不半醉半醒，在这红尘路上走一遭，给自己安排疯狂的日程，仅仅只是为了弥补精神的缺失。这学期的成绩一直在下滑，不是没有努力，而是少了一丝精气神。好不容易熬到考试结束了，我终于觉得自己“若脱笼之鹄”“波色乍明”了。向妈妈提出我要去西藏，因为我要在暑假补完课后给自己的灵魂安个家，像印第安人一样，让灵魂跟着我，慢慢走，慢慢走…….我知道我的心是一朵莲花，可以绽放在巍峨的布达拉宫，可以绽放在南山的青石板路，也可以绽放在江南的昆曲评弹，甚至，可以绽放在异域风情的乐声。它唯独不可以绽放在喧闹的人群，因为孤独是一种修行。

那么，修行又何尝不孤独？

长顺上街的成都将军府

清明·清明

“清明时节雨纷纷，路上行人欲断魂。借问酒家何处有，牧童遥指杏花村。”

有人说，这不是杜牧的诗。

但，如果不是，还能是谁的呢？

为诗，可；为词，可；为曲，可；为小品，亦可。不论是什么文学体裁，它都可以应付自如，也不愧于流传千年了。

清明，实际上是个节气的名字。

说起清明，往往都会想到扫墓+放假。其实，古人比我们会玩得多，他们有着丰富多彩的娱乐活动。每到清明，踏青、赏花、郊游……都是必不可少。闺阁女儿会荡秋千、放风筝，而在唐朝，妇女们甚至在郊外打马球。

清明节，是一年最好的时节。我一直这么固执地认为。

不仅仅因为生在清明，因而对清明有着特殊的情结，还有气清景明——《历书》中写道：“春分后十五日，斗指丁，为清明，时万物皆洁齐而清明，盖时当气清景明，万物皆显。”

好一个气清景明，万物皆显！

清明的种种习俗，根植于清明这个节气。

春耕春种时节到了，踏青郊游时节到了，万物复苏时节到了，因此，净化心灵的时节也到了。

以文明教化人，是最简单直接也最有效的方式，也勾勒出一种万物萌发的情态。

清明啊清明。

我偏执地爱着，这一年中最好的节气。

清明假一过，便是体考和“一诊”，今年还巴望着出去玩玩。翻着自己的稿子，偶然看见一首长诗，貌似是没有见过人的。改一改就发上来吧。

是去年的《清明》——

清明
我等一场雨
它果然来了
肆无忌惮

（一）
雨还没停
透过亮瓦，我看见路两边的
水杉和梧桐
柔嫩的新绿
伴着清明的集市
陪我抵达元通
川西的民风是最淳朴的乡音
星罗棋布的会馆，敢问楼高几重？

穿着女式羽绒服的流浪汉
笔直地站在我面前
灰白的头发，脏污的双手
拖着破布包的、明显呆愣迟缓的身躯
正固执地索求数码相机上

不经意为他照的那张照片

流浪汉仔细地瞧瞧，说：
“我都变模样了呢！”
便不顾一切开始争抢
两老汉
土生土长的元通人
驱逐他离开了广东会馆
从他们口中得知
流浪汉
是从都江堰而来的闯荡者
有心气 无生计
独一人缩在墙角一隅
任岁月磨平棱角 蹉跎时光

我知道他在等待
等待元通的接纳融化
等待都江堰的回忆包容
可是流浪汉已迷失了方向
遗失的家乡 再也回不去

雨还没停
这场清明雨
是给他的祭奠

（二）
细雨暂停

穿过惜字宫 我闻到风送来的香气
温度依然低
吧嗒吧嗒走在水凼
仍有寒凝
不必记住那场景
嘎吱——
推开故意做旧的窗
听见喟叹得尽兴

是的，那香气
裹挟着四川最难懂的口音
妈妈说
成都女人说话很软、很温柔
我仅仅觉得
那声音让我好舒服
真的好好听

雨幕倏尔拉下
不甘罢休地愈发勤奋
谱写着C小调的交响曲
那是元通川剧协会的老头老太们
举办着“老爸老妈川剧联谊”
表情和声音，有着
不与年龄相符的尖利

伴奏，是京胡和其他为我所不知的乐器
垂垂老矣的名伶

不肯站台中间去
半小时的演绎
我只听懂了四个字——狂风暴雨
曲已终 人未散
我才发觉，观众除了我
哪里还有人影？
真真是无趣
一群人对着我一个
唱了一出戏

我知道他们在等待
等待历史潮流的覆盖
等待现实残酷的掩埋
可是戏里戏外 咿咿呀呀
环转团绕 早入此境
谁道细雨已停？
那只是暂时的
厚积也未必薄发
狂风
暴雨

（三）
雨后天霁
还有个名字叫作初晴
初，是脸颊悄悄泛起的红云
晴，是怎样也躲不开的丁零
谁还记得当年盘古劈天开地

谁还记得昔我往矣杨柳依依
盛世浮沉 俗世飘零
终究是逃不过命
命中 注定的孤零
命里 仍在等待那场雨
巍巍浑沌
我心清明

今天又下雨了，多好，多好。
希望明天的天空，能和宋徽宗时期的汝窑瓷一样美丽。

2014年3月29日

生命是什么

生命是个“1”，财富、权力、爱情……都是在“1”后面的“0”，没有前面打基础的“1”，有再多的“0”都等于零。那次早操的突发事件，不禁让我陷入了深思。

不知怎么的，同学们开始纷纷议论，他们的私语把我的目光引向了学校旁的那幢大楼。一个身着黑色风衣的人站在楼顶，大半个身子探出墙外，一阵风吹过，那人脖子上米白色的羊毛围巾不断拍打着他的脸颊。只听大家一阵哄笑，吵闹声不绝于耳。有的说：“那人是不是要跳楼呀！”有的说：“千万不要想不开呀！”还有的说：“别看，曹老师又要发火了！”可是最后一句不知是谁嘴里冒出的一句话，令我听之而生畏，读之而寒心。那就是——

“要是他敢跳下来，我就给他钱！”

天哪！

听罢这话，我不禁打了个冷战，机械重复着早已烂熟于心的动作，面色变得呆板而又凝重。我不禁想起了报纸上曾刊登过的一篇文章。

那是一个少年，因与家人不和，再加上父母对他学习过于严苛、挑剔，少年有了跳楼轻生的念头。但是，他也不敢用生命来与父母、学习赌博。渐渐地，楼下围观的人多了起来，交谈声也随着围观人数的增加而增加。过了十几分钟，那少年既不敢纵身跳下，也不愿被人相救，惹得众人不耐烦起来。甚至有人骂他，要他干净利落地“解决问题”。少年受不了压力与不堪入耳的语言，由于他的自尊心太强，心一横，飞身从十八楼而下……

看完报道，心有余悸，不知是为了那少年无知懵懂的心，还是那众人的嬉笑怒骂，那是一个洋溢着活力与青春的生命，而不是一块死气沉沉的铁板！难道众人就仅仅把他看作是一个少年在开玩笑？在拍电影？十八楼啊！以层高二米七计算，也有四十多米啊！一个生命难道真的如此低贱吗？我手中不知何时握住了天峰赠与我的那枚两元港币。手指轻轻摩挲，突然感到了陈旧的时光感。仔细一瞧，原来是九八年铸造的，币身已泛生出几丝耀眼的铜色光泽。短短十三年光景，它早该完成使命了：经过成千上万次的交易、传递，最后由香港流传到我这个成都人手里。它的旅行比任何人都多，知识够丰富。可那个少年呢？他还没有寻觅梦想，还没有大开眼界，还没有阅览人生呢！生命，却如花般凋谢在十八楼下。

如果居民楼顶的人真的决定轻生，正在楼顶犹豫，你是会义无反顾地劝阻，或是不理不睬，抑或是热心出主意，还是在楼下旁观，冷嘲热讽？再次回望楼顶上的那个人，所幸，他并不是轻生的人，也许只是“登高望远”，看看风景罢了，并无大事。可是他的行为，引来了同学们的议论，引来了我对生命的一系列思考。

我只有一句话：那是个生命，请好好珍爱，既然前世选择了做人，那么，请对生命负责！

2010年5月

毒

柯震东获释了。

好吧，主角不是他。他只是一个引子。

我真正想说的是什么呢？这确实和他没什么关系。情之所至，便有话想说。

中国娱乐圈和毒品的关系，其实最早不是开始于上个世纪八十年代，而是在十九世纪末。谭派，是全国最早成立的京剧派别，若加上伶界大王谭鑫培的父亲——老旦演员谭志道，谭家共有七代人从事京剧事业（注：老生演员谭正岩，那才是小鲜肉一枚）。谭鑫培这位瘾君子，我挺想说说他的故事。他的故事充满了传奇色彩，令人忍俊不禁，而后又令人不胜唏嘘。

清末，禁烟运动轰轰烈烈地开始，所有不禁烟的内阁学士全被革职。“小叫天”谭鑫培却死活不戒烟。他说，若禁烟，他就不能为慈禧太后唱戏。因此，慈禧太后特许谭鑫培可以抽鸦片。此后，无人敢来查禁谭鑫培。

为何伶人都抽鸦片？真的像谭鑫培所说，不抽鸦片，便唱不了戏吗？

原因有三：师父给徒弟说戏，都是在大烟床上慵慵躺着，耳濡目染，徒弟自然认为这是极有派头的事情；有人认为，抽鸦片可以防止在台上咳嗽，不影响表演效果；众所周知毒品有兴奋作用，抽半小时鸦片再上台，精神状态最佳。

四大名旦之所以能成为四大名旦，不仅仅因为他们开创了京剧的流派，更因为他们为人处世的智慧及人格魅力。四大名旦，均不抽大烟。

梅兰芳，抽烟卷，爱喝风雅无比的药酒——同仁堂出品的绿茵陈。偶一小酌，绝不多饮。怕破坏嗓子。

程砚秋，抽雪茄，喝了一辈子烈酒。他的最爱，是法国白兰地和衡水老白干。他有酒嗓，天生是个唱戏的料。

荀慧生，也抽雪茄。对于他，我了解的主要是他学艺的年少时候和作为“白牡丹”大放异彩的时候。

尚小云，烟酒不沾。若不是查资料，我也不会知道尚小云的最爱是正广和的汽水、滚烫的茶水、花生瓜子水萝卜、果子干酱肘子、鲜奶蛋糕和奶油冰淇淋。

四大名旦中，唯尚小云经历了“文革”。每次被批斗后，他都能领到三分钱——“爱吃甜食的尚小云用一分钱买咸菜，两分钱换白糖兑开水喝。在生命的最后，他还是固执地记得当年的爱好，甜的水，别管带不带汽”。

潸潸然而泪下也！

噫噫噫！好好的在说毒品，咋又说到酒了呢？不该不该。

想到上次我发的“说说”，是引用了台湾戏曲研究家齐崧的话：“如果听梅兰芳的戏是等于吃鸦片，那么听程砚秋就等于是打吗啡。因为吃鸦片尚有戒除的可能，而一旦打上吗啡，则很难了，最后唯有以身相殉。”

上个世纪八十年代，是欲望洞开的丛林时代。娱乐圈的摇滚乐手吸毒者众多，贾宏声、罗琦、朱洁……而近几年，自我放逐已被所谓“亚文化”的吸毒圈所取代，吸毒者也慢慢从摇滚乐手发展到了导演、演员。

中国娱乐圈从古至今，和毒品有几多纠葛，光怪陆离，犹如一张错综复杂的大网，网住了名角儿、明星，网住了这个看脸的时代。

珍爱生命，洁身自好。

2014年8月30日

执着的苦痛缘

——我的忏悔与自白

初春的日子，天气还微微的有些凉。匆匆忙忙，庸庸碌碌，每个人都是这偌大的城市里，漠然的过客。

只为眼光交汇的刹那，偶然的相遇，蓦然的回首。不经意的时候，我们总会错过很多执着的美丽。可我宁愿错过很多苦痛，不论真假。

或许，每个人都存有一份小小的私心吧。有时候，我更愿意做一个旁观者。旁观者清。尽管如此，我发现自己还是逐渐陷入了纷扰的人世棋局。

35路公交车，要路过那家高高的百货大楼。车上，白发苍苍的老者与年轻的小夫妻为了“让座”，动起了手。没别的原因，皆源于误会。出我意料地，我并没上前劝架，脑中一时竟想起了陈凯歌导演的《搜索》。不禁摇头苦笑——同样的公车，同样的两代，同样的误会，同样的身染红尘的芸芸大众，会否有同样的结局、同样的伤悲？周围一下子闹腾开来，我却怔怔地望着窗外，执着地望着窗外。我竟然没有上前劝架，这不符合我平常的性格！可是我真的就这样了，气定，神闲。“闹剧！”暗暗地评论。一切，好像与己无关吧。挂在唇边的笑，竟然第一次这么真实！这是我的执着，也是我的苦痛。

佛曰：执着如渊，是渐入死亡的沿线；

佛曰：执着如尘，是徒劳的无功而返；

佛曰：执着如泪，是滴入心中的破碎，破碎而飞散。

我相信执着，却讨厌苦痛。

我是邪恶的吧，也是丑陋的吧。我不愿直视我的迷茫与无助，我亦不愿撕开淡然平静的面具。有时我保留了太多，有时又付出了太多，多得令我不堪重负。在这本无常的世界，无常便是有常，无知所以无畏，我一直在做无谓的挣扎。最后，我可笑地发现，自己不过是如来脚下的一只蝼蚁。我对我所谓的“执着”，无能为力。

我负了如来，又负了卿。

这又何尝不是一种苦痛？如果我发现我的努力不过徒劳，真情开始破碎，定会开始幻想绝望与苦痛。最后，不得不祈求谁也说不清道不明的“缘”。

仓央嘉措道缘：缘为冰，我将冰拥在怀中，冰化了，我才发现缘没了。我信缘，不信佛；缘信佛，不信我。没有人明白这种苦痛，我也不能。因为人已经失去了太多。愚昧地相信执着，讨厌苦痛。渴望太多，所以得到太少。渐渐，我觉得自己成了一只九尾火狐，不停地跳跃奔跑，但这身火狐狸皮让我心头燥热。

也许，只有在体验苦痛的过程中，只有参透生命的真谛，才能收获执着，得到永生。

佛曰：人生有八苦：生，老，病，死，爱别离，怨长久，求不得，放不下。

仓央嘉措道：万物皆生，皆系缘分；缘起即灭，缘生已空。

我说：缘起即灭，执着颇多；缘生已空，苦痛皆失。

我想活得勇敢，却如此畏畏缩缩；

我想活得洒脱，却如此胆小懦弱；

我想活得执着，却总是顾虑太多；

我想活得幸福，却忘了生命的初衷；

我想活得成功，却只能一败涂地。

这是我的忏悔，也是我的自白。

关乎虐，二三事

期末考结束，仿佛理所应当该玩玩。没了作业，没了补课，心里却是空虚一片，无所适从。当然这可以理解为矫情，也可以理解为犯贱。

应了亲爱的谦姐和瑜美女之约，今天，考完试以后，去买了一堆小说，一直看到刚才。怎么办呢？心烦意乱……好吧，我复出了……看《华胥引》之前，曾有心动，但看了各网友及周围仁兄们的评鉴，从月考一直拖到期末，还是不敢看，因为给它的评价都是“太虐”。其实看了之后，才发现，唐七总是在诙谐而大喜的背景下露出一点小悲的衣袂，但仅仅一小块微不足道的悲哀，却可以持续很久很久。不禁庆幸，没有在期末考之前阅读这本小说，选择是正确的。

以下，是读后感，也是自白书。

我们，太多的，一次又一次沉浸在故事中，为别人悲戚。会在午夜梦回，不顾从颈窝里窜进来的寒冷，埋头抱膝，低声啜泣。

即便都是假的。

可是假的往往令人更心碎。偏我知道？它是假的，却假得真实无比。

有人为它神伤，有人为它黯然，有人为它呜咽，有人为它悲鸣。而我只能溺死在故事里之后，浑身湿透地爬起来，用湿漉漉的手，提笔为它写一些什么。

我也是想哭的，但没有眼泪，甚至无法挤一滴下来。因为我反复在告诫自己，无论多么虐心，那也只是别人的故事，与我何干？

与我何干？是的，与我无干。

我只不过是在别人的幻梦里走了一遭，在别人的痛苦中浅斟低唱，我只不过是跌进了作者为我们编织的那个巨大的旋涡。管他呢，反正也是梦，反正也是幽魂一缕，不若就飘在凡尘间，了结一个个误会，剖开一颗颗真心。

反正都死了。

死在那七弦琴中，那逃不开的千年风雅，那躲不了的累世情深。

若夙愿得偿，主人公自是心满意足，但我总觉得少了一点什么。穿透力不够，张力不够，文字的力量还不能直击我心底那最柔软的角落。

所以需要一个一个悲伤的结局，也正所谓“虐”。去寻找长满了荆棘的前世今生，像故事里说的那样，就让情停留在最美的时刻，定格成永恒，就卡在，在最凄怆的一刹那。它升华了，如同这软红千丈，本无所谓得，无所谓失的；本无所谓有，无所谓无的，站在彼岸，挥挥手，娴静地朝你笑。

让一切湮灭了才好！让一切坠落了才好！让火烧尽了全部，才肯罢休。

开尽梨花，春又来。

白玉无瑕，落地成花。

开到荼蘼，然后宰杀。

花开不多时，还望君珍重。

那河沿的佛铃，珍重，珍重。我们在幻梦中踟蹰，苍老而佝偻，踽踽独行。

人生若只如初见，多好！！

你若无情我便休，多好！！

总归，让心头虐一回。

第五辑

怕流水年华春去渺

那位教授爷爷，是我看戏的时候才认识的。
他说京剧是雅东西，当今年轻人喜欢不容易，
并鼓励我好好读书多赚钱多听戏。
我点头应是，但私心里却有一个声音叫嚣着：
“它不是雅，它是俗世的欢喜！”

迁 延

五十年了。

她自进申家班以来，已经五十年了。

她一生为伶，擅度曲，擅小戏。

她一生没离开过这园子。

五十年前，她仍豆蔻年华，那风度翩翩的大学士扶案与她对坐。她怀抱琵琶，铮铮锹锹的乐音响起，温软得要命的苏州话从美人唇齿间逸出，酥到了骨子里。

那时申大学士听得入迷，在半醉中抚着她的脸："沈儿，留在这里，一辈子，好不好？"

她不禁莞尔。她看着这园子，亭台楼阁美轮美奂，姹紫嫣红芳菲开遍，她的眼睛里满满的是渴求与贪恋。

头轻轻点了一点。

那天晚上，申大学士一时兴起，拉着她的手，去到园里的太湖。"沈儿，你看我这'小辋川'，虽然没有王摩诘园子的开阔豁达，却也是精致非常。不如你在这园中演一折《牡丹亭》，只给我一人看，可好？"

她唇角噙笑，低声应了。

是夜，月色朦胧，园中一切景都显得影影绰绰，看得不甚真切。

申大学士在假山后摆了一桌酒，遥遥对着她举起金樽。

她描了眉，扑了粉，贴好了花钿，一袭青衣在梅树下，颀长映丽，不可方物。她朗声笑道："平素在戏台上看戏未免太过无趣。申大人摆好筵席来吃酒，沈儿定不会扫您的兴。今夜无风，沈儿为大人献上《寻梦》一折，望大人开怀。”

长长的水袖招摇，裙裾在足侧翻飞。她提溜着绣了梅花的裙，执着染了金粉的纨扇，婉开莺口唱道：

“最撩人春色是今年，少甚么低就高来粉画垣……”

她在假山、楼榭、曲廊里飘然四顾，那一双脉脉含情的眼仿佛能勾人魂魄，江南特有的水磨调配上雅致优美的身段，醉了申大学士，醉了这园子，也醉了她自己。

尔后，她被聘为申家班教师，晨昏定省般在园子里排曲。她生来就是为了园林的。她带了一批又一批学生，都成为各府老爷们倍加青睐的家伎。有人来挖墙脚，重金请她去其他班教学。她不为所动，只淡淡道：“这里才是我情之所系。”

得不到的总是会被放在心尖子上记挂着。外界喧喧复嚣嚣，都猜测，她怕是恋上了申大学士。

只是奇怪，申大学士不给她抬位份，申夫人从未被见到过恼羞成怒，她自己也从不回应。

最是奇怪，申大学士去世时，一众小厮奴仆和妻妾儿女都在灵堂哭得悲戚，唯她，在园子里，唱了一折《山坡羊》。

“……迁延，这衷怀那处言？淹煎，泼残生，除问天。”

头七刚过，申夫人也随去了。一位钱姓老爷接管了“小辋川”，他散尽家丁奴婢，也包括她。

但她不愿离去。

那时她已六十有三，满脸皱纹，一头斑驳银丝盘在脑后，只用一根简洁的青玉簪子簪住，身形比寻常老妇更加清瘦。她施施然行了一礼，道：“大人，且容沈儿在这园子里再待几年吧。”

妆容依旧，戏服依旧，园林依旧，只是赏花人不同罢了。

她虽然老了，但一开口，她还是那个美丽的、细腻的杜丽娘。

她病殁了，十年之后。

她恳求钱大学士，将她葬在大梅树下，以便将来，能有一书生，能为她掘墓，让她还魂。

原来，她这一辈子没有爱上任何人，除了梦里的书生，比《牡丹亭》还可叹可悲，因为她根本不知那书生姓甚名谁。

这是她的爱，与人无关。

她生是为了园林，为了昆曲。

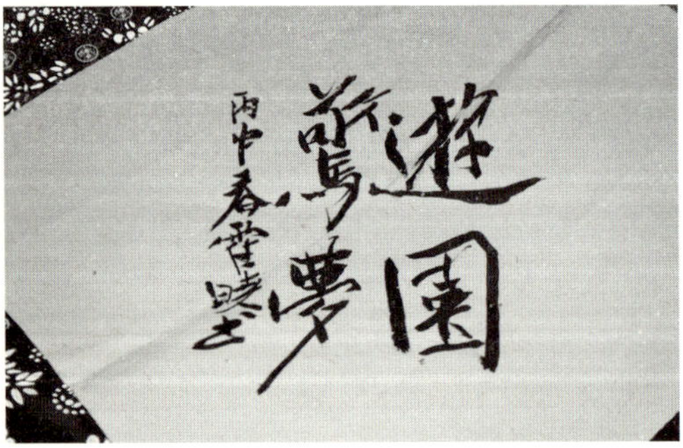

游园惊梦，御翠草堂主人霍晓书

春闺梦

她倚着熏笼，有一下没一下地用香箸拨着冷的寒炉。窗开着，风早已吹灭了蜡烛。她透过清凉的月光，看见那只鹦鹉在墙上投下一片美丽的黑影。更夫在街道上尽职尽责地打着更。

三更了。

她睡不着。轻叹一口气，她搂住了鹦鹉。不需要人陪，只需要一只鹦鹉，皮毛鲜亮，夜里失眠的时候，摸起来趁手。

她脸上没有表情，不欢愉也不愁闷，绣了桂花点点的披风随意地搭在肩上，一张白皙的小脸儿妍雅明净。

她与夜，没有交流。它黑着它的，她看着她的，互不相侵相扰，仿佛各自都是彼此的点缀而已。

她不孤寂，没有情悲，只有安然，仿佛她过的真是花如锦的好日子。

一坐到天明。

她住在京城。

这座城市，白天与黑夜骤然不同。白天，是属于京城的繁华；夜晚，是兵临城下的死寂。热闹、安逸，又无情。临安，临安，到头来也不过是临时的安宁。

她感受不到这座城市的心跳。明明宣告国破家亡的号角声即将响起，可为什么这座城市还是日日轩骑不肯停，只为走马听秦筝，奔车看牡丹。

她想不明白，索性不再想了。

她用被子蒙了头，由于气短，呼吸声渐渐急促。她一下子把被子推到下半身，大口大口喘着气，颊上挂着两滴晶莹的泪。困倦如潮水般涌来。

她累了。苦笑。

她也只有白天才肯在屋里思念她的丈夫吧。她不肯向夜晚低头。

反正屋里没有娘家人，公婆早亡，丈夫也在婚后三天应征入伍。没有人质问她为何不洗衣扫地，也没有谁需要她劳心费神、洗手做羹汤。

由于一夜无眠，日上三竿时，她沉沉入睡，脸上挂着恬静幸福的笑容。

梦里是温香软玉，花烛鸾俦；

醒来是金戈铁马，尸骨横陈；

眼前是外敌进犯，血色江山。

她的泪，悄悄浸湿了身上那件素色褙子。

可怜无定河边骨，犹是春闺梦里人。

故事灵感来源于京剧《春闺梦》、杨紫陌作品《春以为期》，将背景搬至南宋末年。第一句中“冷的寒炉”非语义重复，而是古代有一种香炉的名称就是“寒炉”。

南　音

盲佬可以做什么啊？

彼时他不懂。他不懂黑暗，不懂绝望，不懂何为歧视何为公平，不懂冷漠惨烈更甚死亡。

老爹说，去当个乐师吧——那时候，盲佬还不流行做按摩。孙师傅摸摸他头上软茸茸的发，道：“不要当乐师。当乐师以后只能给盲妹伴奏，人家有好东西都给盲妹，无你份。唱南音才真系好矜贵！”

他当盲佬的时候只有三个月大，早就记不得什么是光明。

他走上街头卖唱的时候已经十几岁，跟我现在差不多。哦，我十七了，个头却不高，活像个七岁仔，恰恰够得着老杜的腰——老杜，就是他，这个瘦骨仙。我怎么忘了介绍他，真是。

“武仔，今日得唔得闲？”

“老杜，我敢唔得闲喏？”

老杜咧开嘴露出有点儿稀疏的黄牙，笑了。我皱着眉头朝老杜做了个鬼脸，反正他也看不见。唉，我心里有点发苦，今晚又要学二弦了。

不晓得为甚，老杜对武仔我不像对一个小跟班，却像对一个孙孙，疼宠又严厉，期望有加。

月亮早就挂在高空，大约是十二时半，我已经学了将近一个钟了。为了不影响其他人，老杜总是在屋外的空地上教我。他以为很干净开阔，其实只有我知道，这空地不过是钢筋的废弃场，没有放满罢了。

九龙油麻地的上海街，住了一群跟老杜很像却很不像的人。这里除了我，每个人都是盲佬——经老杜纠正，应礼貌地称作“盲人”，虽然没有任何区别。他们都紧闭着小小的没有用的眼睛，嘴里叼着一根劣质香烟，脏脏的涤纶衣服裹在身上像一个麻袋，冬天穿这个，夏天也穿这个，挤在脏乱狭小的笼屋里，已经纯乎是一群乞丐了。

不，不，老杜当然跟他们不一样。老杜要戴一副眼镜，跟个账房先生没什么不同，只是镜片是深茶色的。他也不穿涤纶衣服，穿纯棉的蓝色长袍，反复浆洗过，早就旧得发白了。他和我的屋子整洁又干净。我就一皮猴，怎么舒服怎么来，管你干净不干净。呸！我逼得老杜骂了句脏话，然后狠狠抽了我一顿。老杜发了狠，就开始咳嗽，身子晃得几乎站不住，肋骨快从胸腔里蹦出来。那晚上我把笼屋里里外外洗刷了一遍，重新粉了墙，白雪雪的，然后又把简单的家当摆放整齐，地上连一根头发丝都没有，全扫出去了。

“你以后不准不打扫房间！”老杜命令。

“遵命！如果再犯，请师父重重惩罚！”我很认真地答，眼睛却盯着老杜。

他那么瘦，我想，整个一瘦骨仙，不像是饿出来的，倒像是抽大烟。

“武仔，又在放飞机！不好好学，以后怎么揾食！”老杜的琴弓啪一声抽到我腿上，火辣辣地疼。我们虽然穷，但老杜一贯和颜悦色，从不抱怨，对我偶尔为之的偷懒也不太上心，怎么今晚就动手了？

我忍不住顶回去：“我唔忿气。你系南音的角儿，如今不也系油麻地？”

老杜的脸瞬间变得乌卒卒的，皱纹都快拧成一捆细麻绳了。他又抬手，但那琴弓迟迟没落下来。

“你讲得对。我真系时运低。”老杜没再理我，转身回屋了。他的背影特别萧瑟，在白白嫩嫩的月色下，像一具颓丧的骷髅。

我以为第二天他不会给我好脸色看，谁知过了一夜，老杜又变成那个彬彬有礼待人温和的老杜了。

“武仔，我们今天还去旺角。”老杜抻了抻他的袍子。

从油麦地到旺角，要过弥敦道。这一片的路全被掘了，大块大块的土呆呆地晒着太阳，就像笼屋里那群盲佬。

今天我总是走神，因为心里想着老杜的肋骨。第一对像猪肉店里躺着的新鲜斩下的猪排；第二对、第三对就像羊排骨了，比猪排骨弯，像要把人收拢了来；第四对……

我往前走着，没注意到身后的老杜是个什么情况。听到声音回头，看见老杜被路上的泥块绊倒了。我正待前去搀扶，老杜就很灵活地爬起来，拍拍身上的灰土，又握住我的衣角，往前走了。

我有点怔然。

爸爸把我送给老杜，是因为我没用，是个矮仔，知识分子为了凸显他们会写字，把矮仔叫侏儒——还不是一样么，笔画反而多了。香港的高楼大厦一片一片地修起来，衬得我一天一天地矮下去。这世道，一个矮仔可以干什么呢？

爸爸就是在愁苦中打开收音机的。

“凉风有信，秋月无边。睇我思娇情绪好比度日如年……”那声音经过无线电波的濯洗，很有摩登味道，但是又很传统，正宗的闽南语，苍凉的声音就像是从清朝飘过来。

这就是老杜。电台里介绍说，老杜是二十年代从广州逃到香港的——二十年代，大陆极其混乱——然后去烟馆卖唱，找了一个歌女，生了四个孩子，全死了。还没来得及悲痛，香港就沦陷。个人的悲痛比起家国的沦亡，简直什么都不算。

老杜就继续唱南音，盲佬专属的地水南音。

第二周，还是老杜唱南音。

第三周，还是老杜唱南音。

爸爸说，电台给老杜开了专栏，每周都唱。就是不知道为什么总唱《客途秋恨》这个妓女的故事，香港不是早禁娼了么?

“今日天隔一方难见面，是以孤舟沉寂晚景凉天……”

“把武仔送给老杜学艺吧！”

“你睇斜阳照住个对双飞燕，睇我独倚蓬窗我就思悄然……”

“武仔虽然矮，也是个仔，我不准！”

“耳畔听得秋声桐叶落，又只见平桥衰柳锁寒烟……”

“你也晓得他是个仔！没有一技傍身，以后怎么揾食！”

“第一触景系更添情懊恼啰，睇我怀人愁对个月华圆……”

“矮仔也是我掉下来的肉啊……算了……送吧……”

我第一次见到老杜时，他还要精神些，虽然人是一样的瘦，但神情颇倨傲，对自己那一手地水南音“口唱南音，左手拍板，右手弹筝”的一心三用之绝技很是满意。

“这孩子叫什么？”

“武仔。文武的武。”

“好名字啊，不过，就是不能唱地水南音。”

“杜老，武仔虽然不是盲佬，却是个矮仔。都是可怜人，杜老通融通融。”

老杜侧身把他的乌木拍板取出来，道：“你试试。”

我只听过老杜的《客途秋恨》，就拍着拍板，轻轻哼了几句。

“武仔声音太粗，不适合唱，还是当乐师吧。拉二弦。”

爸爸脸上笑开了花，毕恭毕敬地给老杜递上一卷钱：“杜老，一点孝敬的烟钱，不成敬意。”

提起烟，老杜有点不自然：“我已经很多年不抽大烟了。”突然想起现在也没什么鸦片公开流通，就补充说：“当然，香烟和雪茄也不抽。”

爸爸赔笑道：“是，是，杜老是个洁身自好的人！”

爸爸离开前，又回头望了一眼，眼角挂着闪亮亮的珠子。我彼时不晓得为什么爸爸会哭，但当我发现已记不得爸妈的样貌时，我也想哭了。

老杜算不得举国闻名的角儿，只能说小有名气，所以没有仿照内地戏班，繁文缛节，收徒讲究拜师礼。但我毕竟是徒弟，端茶倒水、侍奉起居，倒跟京剧班子里的小跟班没什么差别。

啊，旺角到了。

最近旺角并不是个卖唱的好地方，因为要修地铁，马路被翻得凄惨，机器声音轰鸣，掩盖了老杜低回的歌声。

但他又有什么地方可去呢？

香港已成为摩登都市，所有人像陀螺一样转了起来，现代感充斥着每一个角落。大街小巷都放着许冠杰的《鬼马双星》，盲佬也都去开按摩店。南音，呵，谁还听地水南音？

好消息是这时传来的。

鬼佬听了香港电台，邀请老杜去德国唱南音。老杜年纪大了，总是生病，听了这个消息，身上的病气去了大半。德国鬼佬买好了飞机票，安顿好了一切，老杜兴高采烈地踏上了前往歌德学院的路。回来后，他又在香港大会堂给新一代人唱，在中文大学给学生唱，在圣约翰大教堂给基督徒唱……这也许是老杜一生中最风光的时候。

可风光过后，老杜的身体更不好了。他强撑着去福隆茶楼录音，说没几个唱地水南音的啦，要把声音留下来。他唱自己的人生，唱了整整六个钟。开篇就是："我本人有三不幸——一者不幸自小家贫，二者幼年惨做个失明人，三者因世上个个唔中意南音，时世唔同无人帮衬……"

老杜可能觉得自己快死了。

我帮他推了所有的邀约。在旺角卖唱，一天有十几块收入已算不错了。如果爸爸知道我混成这样，不晓得会不会后悔呢。这几天好多了，我替老杜管着钱，一天能有百来块。老杜还是坚持住在这破败狭小的干净小屋里，他说，盲佬嘛，看不见，住在哪里都是一样的。老杜从来不抱怨生活，温和待人，彬彬有礼，但近来已不怎么意气风发了。

“武仔，过来。我同你讲啊……”我知道老杜又要回忆往事了。

“我刚刚出师的时候，每次唱完南音，主家就摆一张桌子，泡一壶肉桂，端一碟生果，送一碗咸榄冰糖。那时候我真觉得南音好。”

“我离开广州五十年啦，好想回去看看。”

“你给我念的那张报纸，说深圳要改革开放啦，深圳离肇庆只要半天哪……好啊，我这把老骨头是看不见啦。”

“武仔，回不去啰。”

老杜。回不去啰。

他死的那天晚上，很冷。月亮都躲起来，不忍心看。天幕上只有乌沉沉的厚云，像浓墨泼洒，纵情又肆意。

我坐在老杜的坟前，拉着二弦。我不仅会南音的伴奏，还能拉现在比较流行的粤剧。拉什么呢？《哭坟》吧。

胡胡不归，胡胡不归……

杜鹃啼，声声泣血桃花底……

太惨凄，太惨凄……

杜鹃啼，堪嗟叹人间今何世……

我收好琴弓，小小的身子朝坟包磕了一个头。极尽虔诚。然后我决然地转身离开。再见了，老杜。再见了，南音。

是喽，我还是拉着二弦，不过是从矮仔变成了矮佬。老杜离世已经二十年了。

老杜说，他的师父不让他当乐师，而是唱南音，是为了挣多一点钱。而老杜不让我唱南音，而是当乐师，也是为了挣多一点钱。真是。我凭着一手过人的二弦功夫，竟然好吃好喝地混到现在，在深水埗有了一套小房子，收了一个小徒弟，健健康康，既不瞎，又不矮。

我有一帮酒肉朋友，也是乐队的，有几个弹贝斯的，头发染得花里花碌，眼窝子深陷下去。星仔问过我，要不要一起嗨。我一看到他的样子，老杜的肋骨就在眼皮子底下晃来晃去。

“你吸鸦片？”

星仔很诧异：“什么年代了，还吸鸦片！”略顿，他凑过来神秘地说：“其实也差唔多啦，冰毒嘛，新一代鸦片啦。”还会有夜店冰妹陪他们一起吸，他不说我也猜得到。

管乐队的老K急匆匆过来：“星仔会不会伴奏南音？武仔呢？”

星仔嗤笑表示不屑。我抻了抻衣服，把褶皱拉平，“我会。”

星仔瞪大了眼睛看着我，我笑笑，学印象中老杜的样子，大步跟着老K走了。

“你小子看不出来啊，还会南音。你时运来喽，是大咖要伴奏，别丢脸。”老K一脸神秘。我满不在乎，什么大咖不大咖，我只是心血来潮，想拉一拉南音了。

诚然还是吃了一惊，真是大咖。他们在拍电影，叫什么《胭脂扣》，我也懒得管。

“拉什么？”我就地而坐，谁让这椅子这么高的。

“《客途秋恨》就是了。”

《客途秋恨》一辈子都在我脑子里，随时可以牵出来遛遛。“开始吧。”

男子长衫，女子男装，两相对望。我二弦乍停，待男子惊艳之色一闪而过，又骤起：“……你睇斜阳照住个对双飞燕。”一眼定情，多浪漫，多摩登，多香港。

老K很满意，打了三百块的赏。

原来一眼就可以定终生吗？我想，怪不得老杜时运低了，他是个盲佬啊。

三百块，星仔又可以去夜店嗨一晚上了。

我走向乐器店，准备换一张好琴弓。哦，还要买好松香。

老杜的原型是香港地水南音大师杜焕。杜焕之死是真正的叶落无声，只有呜咽咽的南音带起的阵阵风声为他送行，而为他送行的广府正宗地水南音也在他死后成为绝唱。还好，杜焕是从妓院唱到电台，从广州唱到海外的人，他的部分作品被美国匹兹堡大学音乐系教授收集并录成唱片。

电影《胭脂扣》，如花和十二少初相见时，他们唱的是《客途秋恨》——地水南音代表作品。我突然想写一写杜焕，写一写地水南音。于是我打开播放器，一边听着他那怨、忆、苦的声音，一边敲下这混乱而伤情的故事。

《红鬃烈马》，尘埃里呛出的肺癌

我大着胆子提笔，在纸上写下了这个标题。扪心自问，我只能算一个初级的京剧爱好者，不，要这样说，我是一个略略听过几出戏的过客。

但我还是要写。

哪怕赏得不好，我也要赏。

王宝钏的名字，可以说是家喻户晓。谁不知道她是贞洁烈女的代表？苦守寒窑十八年，终于等来了衣锦还乡的丈夫。

京剧《王宝钏》，又名《红鬃烈马》。

红鬃烈马是一个很美却很不直白的词。我想不出这名字与王宝钏有何关联，直到我用了百度——哦，薛平贵在西凉驯服的那匹马。

我偏爱这个词。想想，一匹马，威风凛凛，抖动着它红色的鬃毛。立在面前，任谁看了都喜爱；可性子烈，不容易被驯服，它昂着高贵的头颅，不顾一切地向前奔跑。它不会回头看你。它不屑那些眼神，或嘲讽，或怜悯。

王宝钏就和这匹红鬃烈马一样，毅然决绝地离开。

王宝钏从小娇惯，及笄后，婚事也要自己做主。说是在彩楼抛绣球择婿，然而暗中早就瞧上了眉目清秀的薛平贵，于是乎，自然而然地，“彩球单打薛平男”。我却总怀疑这样一位大家闺秀，怎会和路边的小乞丐对上了眼？怕是青春期的叛逆吧？少女怀春的心满揣着对未来幸福的憧憬，三击掌，轻悄悄就断了父女的血脉亲情。

她是一只渴望飞出金丝笼的鸟，却在飞出去之后才看清了猎人的枪。她不是卓文君，薛平贵也不是司马相如，怎么过日子呢？卓王孙，一介商贾，尚知道顺着女儿女婿，全了自己的颜面；而这位堂堂的王大丞相，却真真是对他们不管不顾了。回去？等着成为城中百姓的饭后谈资，受尽两个姐姐的挤兑，然后被父亲再许给门当户对的公子哥吗？嫁出去的女儿泼出去的水，更何况她早已不算王丞相的娇娇女。

咬咬牙，凑合着过吧。

剜菜、洗衣、铺床……她干尽了一个正常农妇该干的活。巨大的生活落差，压在她的心头，也压在她瘦弱的肩膀上。十八年是怎么熬过来的呢？简直不敢想象。

我拍拍胸口，安慰自己，这只是戏。

这只是戏，所以十八年的恩恩怨怨就在戏台上唱罢；这只是戏，所以一辈子的离合悲欢就从裙裾间溜走了。

一会儿哭，一会儿笑，一会儿又哭又笑。一出出一折折，总演呢。

薛平贵，早在西凉国娶了代战公主，过上了属于驸马爷的安稳日子，整日醺醺然。一天突然想起了寒窑里的王宝钏。那就策马回去看看吧。在河边看见一中年妇人在剜菜，看侧颜像是宝钏。大男子主义作祟，他担心发妻品行不端，便引经据典，颇有道理地上前调戏一番。直到追至寒窑，肯定了自己的妻是一位贞洁烈女，这才相认。

王宝钏却不信：“我夫哪有五绺髯？”

十八年，改变了薛平贵的容颜，当然也要改变她的。可寒窑里没有了悦己者，王宝钏不仅不容，连一面菱花镜也没有了。她低头看着水盆里映出的面容，低声哀叹一句：“老了，老了，十八年老了我王宝钏。”

看到这儿，我泪珠儿将将要滚落下来。

觉得薛平贵也是㞞。在西凉国，靠着代战过富贵生活；在银空山，也是靠着代战相救才保下一命；回了故乡，还被自己的发妻关在门外不准进屋。想来这也是做男人的一种境界了啊。

这一折相认的戏，名字叫《武家坡》。

偶然在网上搜到一个张火丁的视频，就是《武家坡》片段，与于魁智对唱。她梳短发，穿着淡色的改良旗袍，长至脚踝，没化妆，像一朵青莲，端端正正站在舞台上。由于不是彩唱，她和于魁智几乎没有眼神交流，只能用声音勾勒画面、表达情感。她一开口："指着西凉高声骂，无义的强盗骂几声……"程派的韵味一下子把我攫住了，就像是一只等得不耐烦的蜘蛛，终于捕获了猎物。

这是我第一次听程派。这个第一次，只可惜来得太晚了。

《红鬃烈马》这出戏，折数多，常演的少，较有名的就是《武家坡》《大登殿》两折，简称"武大"。《武家坡》我喜欢程派演员来唱。程腔低沉婉转，又哀恸，很是能够表现王宝钏的苦情。不是说梅派呈现得不好。我只说梅派大青衣李胜素，看过她的"武大"。《武家坡》里，她虽然没穿凤冠霞帔，但扮相还是雍容，不够贴近人物，生生让我把困顿潦倒的王宝钏错认为风情万种的杨玉环。我喜欢她的《大登殿》。登殿就登殿，还要大登，风风光光堂堂正正地登殿，十八年心酸全部化作金殿上的扬眉吐气。梅派，感觉就适合华丽堂皇背后的心酸落寞，那种眼泪只会在转身后默默流下的隐忍，看啊，面上还是笑着，哪怕人人都戳着你的脊梁骨骂着你，也不肯示半点儿弱。梅派的大气是刻在了灵魂里。

《大登殿》虽然主角是王宝钏，但最出彩的地方是代战公主觐见。两个女人一来二去话里有话，暗地里较着劲，表面上还是和和气气，看得我想发笑。代战在殿上又是问话又是行礼，王宝钏却在她行了大礼之后才"低头用目看"，夸赞她一句"打扮似天仙"，又安慰自己"怪不得儿夫他不回转，就被她缠住了一十八年"，用一个"缠"字，不就把代战视为狐狸精了吗？接着说"宝钏若是男儿汉，我也在他国住几年"，薛郎，我也只住几年啊，你却住了十八年，说白了也是心里有怨。她对着代战说“多蒙你照看他一十八年”，瞧瞧，王宝钏只当是代战替自己照顾了丈夫，如今物归原主。聪慧的代战当然听出弦外之音，也不甘示弱，“说什么照看不照看，可怜你受苦一十八年”，王宝钏呐，虽然你结发在先，可这男人春风得意的几年，不全是归了我的么！还要可怜你，苦守寒窑，葬送了青春。《大登殿》是两个女人没有硝烟的战场，薛平贵的戏份，也就是打压欺负过他的人：不管是连襟还是泰山，该杀的杀该贬的贬，以及封赏穷困时给过他帮助的泰水。看着薛平贵坐在高座上公报私仇，倒教人啼笑皆非。

那一段十三咳煞是好听，“学一对凤凰女伴君前”，王宝钏和代战齐声而唱。只是不知道异口同声的两人心里各是什么滋味儿。我猜，代战是不在乎的。“宝钏封在昭阳院，代战西宫掌兵权”。哪怕你不喜欢我了，顾忌着我手上的军事力量，还有背后的西凉国，你也得对我好好的。代战是个聪明的女人。王宝钏心里想着什么呢？我阅历尚浅，目前猜不出。民间传说她当了十八天皇后就死了。那有什么关系呢？戏里总求一个圆满，当了皇后就好了，十八年的委屈全部洗净了。至于薛平贵是哪门子的皇帝，她又是哪门子的皇后，反正都知道这故事是虚构的，又何必考究呢。

《红鬃烈马》里我最欣赏的角色，也就属代战了。我看过常秋月、管波……还有好多其他人演的代战，都是一个模子里刻出来的，差不多。有一次偶然翻到了白金的剧照，没找到视频，但是从她的一个眼神里我就看到了代战。白金只比我大三岁，她演的代战，眼睛里满满的是青春，是得意，是潇洒。

《红鬃烈马》的剧情，我实在不喜欢。张爱玲说，在深爱的人面前低头，就像尘埃里开出一朵花。可我要说，尘埃里不会开出花，女子只会被尘埃呛住，然后得肺癌。我相信不止我一人有这样想法。但它盛演不衰。我想了很久仍不明白，后来在微博上问了内行，才知道原来这出戏是青衣的看家剧目，每个青衣都得学，加之情节深入人心，观众愿意付票钱。我哑然——我不也是这般看得津津有味么。

我准备写一个京剧系列，不专业，也不客观，单纯地表达自己的想法。为什么《红鬃烈马》被我放在第一篇？这是有原因的。

一是因为“武大”二折我看过多次，每一次都有不同想法，汇总就成了文；二是因为我第一次欣赏现场版的京剧，就是迟小秋的这出戏。

为了看戏，暑假特意飞到北京，坐在长安大戏院的第三排。左边是首都师范大学中文系的一位教授，右边是我妹妹。我看着戏台上生旦净丑唱念做打嗔痴怒骂，听着悠悠胡琴锣鼓喧响，学着戏迷叫好，那气氛可不是电视上能感受到的。表示剧终的唢呐声响起，我听着迟小秋致辞、加唱，竟觉得周遭都不真切。那位教授爷爷，是我看戏的时候才认识的。他说京剧是雅东西，当今年轻人喜欢不容易，并鼓励我好好读书多赚钱多听戏。我点头应是，但私心里却有一个声音叫嚣着：“它不是雅，它是俗世的欢喜！”

坐 宫

毕竟我是起名无能……题目又起大了。

听《坐宫》，最初是听的于李黄金CP，后来又听了张馨月和杜喆夫妻档，还有傅希如和赵群夫妻档……也听不出谁好，只是觉得这一段西皮快板唱得很爽很痛快。直到有一天看《梨园幽韵》，里面写张君秋孟小冬快板对啃，大师风采尽现。

没有音频留下来，只能从字里行间臆想当年的情状。

但是如今听张派，像极了川剧里高腔……一点没听出来所谓的甜糯味道。不知道是演员声残了，还是我耳残了……

坐宫啊，好戏。但我鄙视杨延辉这个男人，简直是氓之蚩蚩嘛……抛妻弃子……

看　戏

（一）

深夜了。刚刚码完作业。正是写些什么的好时机。

而我一贯是不会错过这等好机会的。

11月25、26两日，是上海昆剧团的黎安、沈映丽的《长生殿》，在华美紫馨连演两场。男神女神空降，我是真的想去，奈何在周二周三，要上晚自习。难得有这么便宜的票价。想《牡丹亭》《西厢记》皆是好几百不等，而这两场不属于商演的演出票价最高才80元。

也不是说，非得上那节生物晚自习不可。我只是不想，在剧场从七点半一直待到十一二点，再赶车回家，完成作业，那我就不用睡了。

错过了便错过了罢。

只是心里头还是哽着咽着，一口气儿顺不过来，难受。

算了，还是得分清孰轻孰重。

期末考试前，有一场《西厢记》，改了时间的。华美紫馨的工作人员多次给我打电话，我都没有接到。早早地我就买好了票，还蛮贵，位置也偏。可也正是买得太早，没有和曲社里的曲友们一起买，打九折的便宜票，位置还好些。

唉。心情愈发的不爽了。

唐明皇，杨贵妃，再见了。

我诚心希望，我们明年能相会。

（二）

就这样我回了酒店。

弯弯绕绕，酒店在东交民巷。其实很近的，就在天安门附近。

而长安大戏院，就在2.5公里外。

3排15号，我第一次现场看京剧。简直觉得，比中考数学还紧张。

七点半开场。《武家坡》《算军粮》《银空山》《大登殿》。加唱《玉堂春》，即《苏三起解》。之后买了两盘《锁麟囊》的碟子。

我真的来了。

之后去打出租车。不用打车软件，在北京打车简直是噩梦。在戏院外等了一个多小时，最终将近十二点回了酒店。

但我不后悔。

就是这样。

第一次真正理解了什么是圆梦时的激动与满足。

回家后，我会传部分剧照。

迟小秋太美了！

（三）

三进京。

即将第三次踏入帝都。

我去过的地方实在不多，唯有北京，是去了一次又一次。

第一次是2007年，奥运会一年倒计时。按一个常规线路，去逛了天安门、八达岭长城、故宫、清华大学。当时还小，记忆已经模糊，唯独在长城上买的“好汉杯”还摆在桌上用着。

第二次是2012年，去北京参加美国奥林匹克地理竞赛。荣焉，竟能代表四川队参加比赛，虽然最后四川队什么名次都没取得，但回学校以后饶主任还是在国旗下讲话中表扬我们“披荆斩棘”“锐不可当”“一路领先”。

第三次，却是为了“程砚千秋”。迟小秋在长安大戏院有十场演出。我去看《红鬃烈马》。

只是为了那一句——十八年老了我王宝钏。

中国自古的戏本子，都讲究一个团圆。在这出戏的最后，王宝钏被封在昭阳院。苦守寒窑十八年，做了皇后十八天。仿佛也圆满了。

完美总是在戏台上表演着，残缺总是在生活中上映着。那就享受热闹的锣鼓二胡，细腻婉转的咿咿呀呀，什么世间的人仰马翻都不管了。

片刻也好。

只是寻求那一个背影，散场后的寂寞寥落。

“人说戏如人生，我说人生也似戏。一出出，总演呢。你哭也罢笑也罢，你累也罢苦也罢，总得演下去，上了台，大幕拉开了，就没有退下去的可能。演得好呢，台下就有观众；演不好，就给自己看。有什么大不了呢，无非是一场戏。再回头，满城灯火已黄昏，转眼就老了，就这么快。”

雪小禅的话。

就这么快。

我只为那一个背影。三进京。

（四）

细数自己认认真真看了全本的京剧，其实不多。《锁麟囊》《春闺梦》，是最爱的两出程派戏，尤其是《锁麟囊》。我看过很多很多版本的《锁麟囊》，程老祖的只有音配像，张火丁、李佩红、迟小秋、李海燕、刘桂娟、新艳秋、赵荣琛、李世济、王吟秋、郭伟、吕洋等基本上程派所有老中青和已去世的演员我都看过。荀派的《游龙戏凤》是小学的时候看的，可以说是认真看下来的第一出戏。《杨门女将》《红楼二尤》《贵妃醉酒》《霸王别姬》《秦琼卖马》这五出看得比较仔细。《谢瑶环》是看的青年演员演的，最喜欢王艳和丁晓君。看《杨门女将》只觉得李胜素真漂亮，哎呀功夫也好，对于唱段只记得一段高拨子。《红楼二尤》是看常秋月演的新版，对于尤三姐的四平调印象很深；而尤二姐部分，很欣赏新版里引用的《葬花吟》调子。《贵妃醉酒》和《霸王别姬》都是看的梅兰芳原版，很不清晰，但是那种雍容华贵的气度和华丽背后的泪水只有梅大师演得出来。《秦琼卖马》看的是坤生瑜老板的，西皮摇板太多，我数了，流水一段都没有。一分钱难倒英雄汉的故事看得太多，觉得秦琼实在太窝囊哎哎哎。

而对于《红鬃烈马》，折数实在太多，只看了《大登殿》和《武家坡》的一部分。《白蛇传》的武戏全部跳过了。《四郎探母》也只看了《坐宫》一折。《秦香莲》这出戏我实实在在是看不下去。而《红娘》呢，看过很多人的版本，可惜一直没看过全本。《西厢记》呢，京剧的看了一折就放弃了，还是昆曲更有原味。

还有一些经典名戏，我是只听了名段。比如《玉堂春》《状元媒》《卖水》《白毛女》《宝莲灯》《望江亭》《空城计》《荒山泪》《梁祝》《英台抗婚》《火焰驹》等等。

戏目多，数不胜数，也不便枚举。

而昆曲呢，却真是心头挚爱了，除了“临川四梦”，还有许多，比如《狮吼记》，《疗妒羹》，《玉簪记》等等，准备以后专门写一写。《牡丹亭》其实是没有看完的，因为青春版都会连演三天，传统版更长，一般都只演“惊梦”“寻梦”两折。《西厢记》也只看了一部分。《长生殿》也是，“小宴”是经典。

川剧，完整地看过《尘埃落定》和《白蛇传》，《巴山秀才》又是没看成。片段主要看《婵娟》等。真的，川剧不只滚灯、吐火和变脸。

黄梅戏，《天仙配》《女驸马》。听片段，《追鱼》里的《观灯》。还有一出戏是讲祝枝山基情的，记不得名字了。

评剧，我知道《花为媒》很出名，但是没看过。一出都没有。

秦腔，《牡丹亭》。实在太惊悚。如此细腻的水磨调不适合改编成粗犷豪迈的秦腔。

越剧，全本看过《孟丽君》《盘妻索妻》《红楼梦》。出出经典，百听不厌。片段主要听《追鱼》（话说湖南卫视把《追鱼》拍得惨不忍睹）。小生演员尹派和徐派都不错，但是花旦挚爱王派。

扬剧看过《衣冠风流》的前半部分。小剧种，不普及。

豫剧也是只听片段，《穆桂英挂帅》绝对经典。

什么京韵大鼓啊梅花大鼓啊单弦啊天津时调之类的，买了一盘碟子来听，北方方言听着挺舒服。

河北梆子那啥的从未接触过。

中国戏曲文化博大精深，也是一个很大的坑。路漫漫其修远兮，吾将上下而求索。

悼孙花脸[①]

孙花脸其人，我只见过一次。

那是在中考前一个月，锦城艺术宫。川剧《尘埃落定》第二轮正如火如荼地巡演。主演陈巧茹，是父亲的老乡，于是乎同乡的戏迷捧钱场又捧人场，买了几十张票，挨个儿请老同学去看戏。我本不是个川剧迷，父亲问我去看否，我说，去吧，去吧，一家人都去吧。

现在想来，我真是庆幸，当初做了这样的决定。

现在想来，我还是后悔，当初没能多看他几眼。

《尘埃落定》是阿来的代表作，也是茅盾文学奖获奖作品。孙花脸饰演的，是傻子的哥哥，旦真贡布，反派，一个吃力不讨好的角色。男主角王超，女主角陈巧茹，早已经夺走了大半眼球，更何况在剧终之时，陈巧茹请来了原作者阿来，还有编剧、音乐总监来做访谈。我猜，孙花脸，那时已经卸了妆，悄悄地离去。

我没有记住他的名字，只是在回家时向妈妈谈起，那位演旦真贡布的大花脸，真是演得好，入戏！可我没想到，谢幕时那深深的一躬，居然是他留给我的最后一面。

当时在微博上，看到市川剧院官博上沉痛地贴出孙花脸去世的消息。我并没想到是他。那个站在鸦片箱上手舞足蹈的哥哥，那个就快当上土司的大少爷，那个得意洋洋武功高强的旦真贡布，或者说，那个嗓音粗犷洪亮的花脸，怎么舍得离我们而去呢？

---

①孙普协，绰号“孙花脸”，男，成都市川剧院副院长，国家一级演员、青年表演艺术家，四川省非物质文化遗产项目代表性传承人，第二十二届中国戏剧“梅花奖”获得者（川剧界首位净行梅花奖）。工花脸、老生，靠、架、文、武兼备。其音域宽广、雄浑高亢、音色独特，粗犷中透出细腻的声腔，是川剧界不可多得的净角演员。2014年11月7日因病在成都逝世，享年55岁。最后的演出作品川剧《尘埃落定》，最后的心血川剧《薛宝钗》。

偶然看见灵堂里那人干净安详的遗像，我惊讶得说不出话来，心里抽着抽着疼。怎么会真的是他，孙花脸。《尘埃落定》第三轮巡演，也在锦城艺术宫，我还准备把几个考试应付完，就再去看一次。

呜呼哀哉，哪知初见，竟成永别！

急性白血病，如此快地夺去了他的生命。傍晚，他在舞台上恣意挥洒激情；深夜，住进医院；凌晨，去世。听说，躺在病床上的时候，他还向别人问起自己的几个学生；在离开的最后十几分钟，他嘴里还哼着锣鼓，手上还比划着动作。

终于，他带着情系一生的川剧离开了。

我想哭，但是哭不出来。唯愿孙花脸在天堂还能依旧为戏迷表演，我们会记住那颗永远在胸腔里强有力地跳动着的、炽热的心。

2014年11月11日

哭充和

认识充和已经三年了，在民国热这种病态畸形的怀念波及她之前，我就已经认识她了。我总是被时尚潮流狠狠地甩在身后，但在充和身上，我却像一位先行者。

三年的时间其实不长，但接近我如今生命的五分之一。

认识充和，是因为昆曲。昔日学习陈从周先生的说明文《说屏》，第一次知道了昆曲，从而认识梁谷音，也不知道是怎么搜索到的，就认识了充和。也许是偶然，逛新华书店的时候我从某书架的最底层挖出来一本封面布满灰尘、书封破损破损、书页褶皱的《曲人鸿爪》。一页一页翻着，我才明白充和不仅是一位昆曲大家，更是一位书法家、画家、诗人、文学家。

也许遇见是必然。

更多的人称张充和为“先生”，我却总觉生疏。她漂洋过海，先后在哈佛、耶鲁任教。相隔远洋，无论我怎么叫，她也听不见、更不会回应。于是我便固执地叫她充和。

她是一个传奇。

我并不想细数，这些云淡风轻的人生经历早已被渲染得浓墨重彩，百度上关于她的词条千千万。我只能庆幸，充和并没有被消费得如陆小曼、林徽因、徐志摩、萧红……那么严重。有人说充和是最后的闺秀，有人说充和是民国最后一位才女，有人说她的逝世为民国画上了句号……但在我心里，充和是梳了大头的杜丽娘，是抗战时坐在成都藤条椅上的姑娘，是北大校园里倚靠着傅汉思的新妇，是在耶鲁手把手教美国学生写书法的奶奶。

张大千画过充和，芭蕉树下美人背影袅娜，腰肢纤细，水袖飘飘，像一朵怒放的水仙。从此便记得她了。还看过充和演杜丽娘的照片，眉眼细致，顾盼生情，天生一个杜丽娘。充和说，抗战时候演得最多的是《铁冠图·刺虎》。费氏唱词“大明朝有个女佳人”，我觉得充和就是民国的女佳人。

也听过充和的录音。没有现在流行的苏昆的软糯味道，而是柔中带刚，似断还连；依字行腔，又正又标准，气息均匀绵长，音色也好，情感也充沛得引人随之徜徉。这可是真真正正的“人籁”了。

最喜欢的还是她的手抄工尺谱。学《紫钗记》的《折柳》那一出时，我对照着她抄的谱子。“怕奏阳关曲，生寒渭水都……”

她的好太多，我贫乏的词语、软弱的笔力，永远描摹不了她的美之一二。

再怎么怕奏阳关曲，如今也不得不奏了。

当童童告诉我充和逝世的消息，我是很不相信的。充和11号刚在美国庆祝了她的102岁生日，怎么就逝世了呢？我越想越难过，课也上得精神恍惚。回家翻开报纸，在文娱版翻到了关于充和逝世的公告。上面简单介绍了充和的生平，挂了张她的黑白照片。

哦。是真的。

我刚开始没有哭，内心十分坦然。百岁老人，亲友都已陆续离世，应孤独非常。况充和一生幸福美满，当了无遗憾。

可是我写着写着却哭起来了。充和于我，不仅是民国的一抹影子，更是我的人生榜样。习惯了一位百岁老人陪在“身旁”，如今却空留故纸浮灰。习惯总是最难改变。

她的诗词，我最爱《临江仙·桃花鱼》，“轻绡都是泪，和雾落平沙”。我的心情也莫过于此了。

唉。呜呼哀哉！

我认识充和已经三年了！

我认识充和才三年！

2015年6月19日

成都民间的昆曲社在将军街，坐落在梧桐树斑驳的影子里。我在几十个人的昆曲社里，绰号“小丫头”。入社的时候，我十三岁。

第六辑

痴恋在其中

▲

仿佛四年的学筝时光都是为你而铺垫。
那时而细腻温柔，时而铿锵激越的乐音，
缠绵，缠绵，再缠绵，
我多希望能拥你入梦，
去邂逅人间这痴痴的绝恋。

痴恋在其中

看过你眉眼，触过你指尖，怎还会有人让我痴醉在人间？

——题　记

忽然就想起了你。只一瞬，那惊鸿般的一瞥，你就让我深深地眷恋。

仿佛四年的学筝时光都是为你而铺垫。那时而细腻温柔，时而铿锵激越的乐音，缠绵，缠绵，再缠绵，我多希望能拥你入梦，去邂逅人间这痴痴的绝恋。

绿绮与《凤求凰》

绿绮，司马相如的琴。一曲《凤求凰》，窃得美人心。这皑如山上雪皎若云间月的爱情佳话，在卓文君“闻君有两意”之后，便也“故来相决绝”了。那痴恋，随着年老色衰而飞速驰去，不知卓文君愿得一心人白首不相离的心愿落空后，会是怎样一番光景？也许在琴台路，卓家女拥琴而立、衣袂翻飞的塑像，便是最好写照。

文君，你怀中所拥可是绿绮？“凤兮凤兮归故乡，遨游四海兮求其凰”，无奈佳人不在东墙，我愿与你，以琴代语，聊诉衷肠。

才子佳人的痴恋，不过过眼云烟；我对你的痴恋，才是其中主旋律。

你是琴。

《广陵散》与嵇康

他把青春与生命，都献给了你；

他把三十九岁的光阴，都托付于你。

聂政为报韩王杀父之仇，自毁容貌，苦练琴技，于琴腹中藏剑弑君。孝义天地可鉴，一腔热血成就四十八段《广陵散》。

嵇康憎恶官场名利，宁打铁不做官，藐视君威，为此甚至与友绝交，后被斩首于市。“今当绝矣！”慷慨赴死前一曲《广陵散》，成就“名曲”之名。

对父的眷恋，对自由的痴醉，已随着时光流逝而逝去，不过是锦面浮灰；我对你的痴恋，才是其中主旋律。

你是琴。

当我触你龙龈，抚你焦尾，托你雁足，拨你弦徽，一种深深的痴恋油然而生。你小小的琴体，却蕴藏着百种乐音、千种情感，与我的痴恋。

你是琴啊！

痴恋不悔，痴恋不绝，痴恋在你，在琴，在其中！

2013年1月3日

瓷

我是一块瓷。

虽然我最初只是一抔土。虽然我曾经生活在金銮。虽然我现在沉睡在展台。

我就是一块瓷，普普通通的。端端正正，正正端端，驾坐在百年来的腥风血雨之上。

也许是那天，匠人俯首，恭敬地请他选择今年官窑新的颜色和花样。他一指蓝天，便要天蓝色。

天蓝色，初晴的天。是霓虹的底色，沉静温柔，磅礴大气。

于是我来了。从烈火里来。

我比釉里红更稳重，比天青色更淡漠，比五彩更沉着，比硬彩更温和。

我一直以为我的到来，是一种自然。

然后我进了宫。然后我和一堆明黄釉躺在一起。然后我见到了他。

年纪已大，满脸皱纹，睿智的眼神却令他丝毫不显老态。一身常服，嘴角噙笑，好像是个和蔼的人。

内官脸上挂着谄媚的笑容，微微弯着腰，向他介绍黑檀木盘上的艺术品。先是仿前朝的甜白釉高足碗，接着是黄底蓝纹的大龙盘，接着是樱桃红暗云龙纹盘，接着是我——首创的天蓝釉。

因为新奇，他拿起了我。没有戴什么劳什子白手套，就这般直截了当。那一瞬我很骄傲，有着睥睨天下的气魄。凭什么有？啊哈，我是最新的，我是唯一的，我是这偌大的紫禁城最美丽的！我的身上，有着“大清康熙年制”的款，那就是我灵魂深处的烙印。

“今年官窑烧的天蓝釉？”他的声音低沉又缓和。几十年的岁月，融合了文化与血统。他的汉语很溜，就像真是一个汉人一般。

“正是。今年窑里只出了这么一个天蓝釉，又是我泱泱大清的首创，很是珍贵呢。”

我才知道，原来我的出现，是一种偶然。

宫廷画师在为他勾勒眉目，描摹龙袍。我躺在他的手边，盛着一碗御膳房南厨蒸好的百合糕。明快的嫩黄，衬着薄如蝉翼的白色暗龙纹瓷胎，精细非常。我淡淡地蓝着，莹洁菁雅，看着他着朝服、戴朝珠，微笑着一动不动。

我便一直以为他很慈善。

我生得晚，所以不知他学识渊博、少年成器，是为一位英主。

我生得晚，所以不知他杀伐果断、老谋深算，是为一代明君。

我生得晚，所以坦然享受他的呵护与偏爱。

幽幽月色下，我听见他的低叹。他粗粝的手掌抚上我莹莹的润泽。突然在他指间的温存里，我感到一种莫名的悲凉。他凝视着我，逼仄而沉默。

我不悔啊。不悔。

我努力地平静着。不说一句话。

身外春秋历历数。我还是那样蓝着，只不过有细线纠缠着我的足，有塑料——对，我新学的词，束缚着我的腰。

不悲不喜。我就立在那里，就像是忘了这几百年来我经历的。烽火连天、兵荒马乱、断壁残垣、哀鸿遍野。

我才知道，我的出现，其实是历史的必然。

讲解员领着一队学生走到我的面前，她的声音很细腻，却陌生。

“同学们看——这是我馆珍藏的清代康熙年间首创的天蓝釉暗龙

纹高足碗。想要烧制出如此纯正的天蓝色，釉中含钴量必须在2％以下，且铜、铁、钛等金属元素均起了呈色剂作用。我们不得不感叹于古人高超精细的技艺。当然，由于天蓝釉烧制的不易，更显得这件藏品价值之高，可谓是我馆的镇馆之宝。”

其他人纷纷埋头，唰唰唰地在本子上做着笔记。

这些话，几十年来我已听了无数遍，但对那些什么后世的词语却是似懂非懂。

好吧，我承认是一无所知。因此有些昏昏欲睡。

突然猛地一颤。抬眼一望。经过大小磨砺，我早已变得淡然，但这时我还是不可抑制心中的狂喜——没错，就是它，那幅我无比熟悉的康熙像。画中人的眼神，亲切又温暖，两行热泪禁不住就要流下来……

至少对我来说是这样。

他乡遇故知。我对他的思念与依赖全被激发了出来。我眼睁睁地看着他被抬走，挂在一楼展出。

而我在二楼。

我仿佛能看见他的不愿。我也能看见我的无奈。但我能触摸到他灰白的胡须和鬓发，还有皂袍的晦涩。

他在痛吗？我好痛。

并未正眼看过我一次，那批学生离开了，带着本子里厚厚的记录。

玻璃窗前出现了一个穿马面裙的女孩子，一双小脚裹在绣花鞋里，从裙角冒了一个尖尖。她入神地看着我。时间仿佛静止了，嘈杂的展厅里瞬间变得安静。整个博物馆，只有她知道有一颗华丽骄傲的心被天蓝色的釉固封着。

连他也不知道呢。

我庆幸他一直不知道。

女孩子的手机铃声响起了，噢，我知道这首歌，他是电视剧《康熙王朝》的主题曲。

“愿烟火人间，安得太平美满。我真的还想再活五百年……”

“如果可以，你愿意吗？”女孩喃喃。

康熙，你愿意吗？我也喃喃。

2014年12月

匆匆那年

林花谢了春红，太匆匆。又是一年新春，我到文殊院向宗性法师讨一副春联，准备贴在大门口。望着宗性法师和煦的笑脸和文殊院繁盛的香火、肃穆的佛像、庄严的大殿，我突然想起那年，那个老和尚，那个孤零的墓碑，那座淡然立于山巅的寺庙。一时不觉，泪珠儿便生生要滚落下来。

那年也是林花谢春红之际，我在一座寺庙里从初秋待到新春。那座寺庙并不是个旅游胜地，人烟稀少。说来惭愧，我竟连它的大名也忘记了，唯记得它在陈抟老祖的长眠处附近。半年光景，休假兼养病，谁能想到竟如此匆匆。

寺中清幽，常无一丝人声。彼时我任性贪玩，虽说空气新鲜沁人心脾，但我总觉无聊烦闷。有一个老和尚，只着寻常的布衣僧袍，光光的脑袋上那受戒的疤看起来有些狰狞，但脸上的笑容却如天边随意舒展的流云。他年老，眼角处有很深的皱纹，但与寺中其他几位师父相比，却不失风采不输气度，单以貌取人，是位风流潇洒的人物。

他是寺中最常笑的一位师父了，我自然与他多亲近些。熟识后，我才发现他竟同我一般顽劣。我本为养病，吃食一切从素。但当明月袅袅摇进松间时，他领我到禅房外那棵大松树下，摆上低案。我安静候着，他徒手从树下挖了一坛酒，要与我共饮。我连连摆手。他自夸说这是他自酿的松花酒，已窖了数月，正是醇浓不醉人之时。闻着那香，未饮心已先醉。禁不住诱惑，我连饮几杯，只觉胃里暖和，浑身通泰。眼前的禅房看不太清，掩映在花木里，恰是王维寥寥几笔勾勒的山居图景，静谧深幽。

老和尚也有诗意的一面。那日山中清寒，覆了一层薄雪，他领我去看新开的红梅。红梅俏也不争春，一任群芳妒。老和尚在虬曲的梅枝下吟唱《牡丹亭》中《山坡羊》一支。那是杜丽娘的唱段，也是少女怀春之情。他的好嗓子不唱花脸不唱老生，偏唱这旖旎调，却无一点儿违和，反倒有大笔落墨的清丽和勘破红尘的沧桑。他还给我弹琴，点点红梅中听《梅花三弄》，极尽风雅。

梅花一弄，断人肠；梅花二弄，费思量；梅花三弄，风波起；云烟深处，水茫茫……

可是水茫茫的那天，他在云烟深处，弹的是《阳关三叠》，哀恸凄婉。他说，终要告别。流年匆匆，且使清和节当春。

当晚回了禅房，看见爸爸妈妈和他们帮我收拾好的行李。原来，已是归期。下山路上，泥径湿滑，苔藓低首轻轻笑着。可是老和尚没来送我。听说，是年纪大了，在室外待了一下午，着了风寒。

我匆匆下山。耳畔尚留余音——

“陈抟是谁？”

“五代宋初的道教学者。”

“他是道家，你是佛家，为什么还挨在一起呢？”

“儒家、道家、佛家、墨家……中国哲学本是一体，没什么挨不得的。”

“什么是哲学？”

“娃娃，你还小。以后长大啦，就知道什么是哲学啰！”

很快我转移了注意力：“和尚，你光头不好看。”

“是么？我出家前，留的可是胡适的那种学士头呢，哈哈……”

……

山中四季流转又几岁？我胡不归？谁知城市岁月更匆匆，我再也没有上山进寺。我也开始学琴，最爱慢曲《忆故人》。随着泛音结束，慢慢上板，我眼前似有一僧拾级而上，双手合十，虔诚拜曰：

“阿弥陀佛。”

我眼里氤氲着泪。灯红酒绿的城市，光怪陆离的男女，我已找不到故人。两地相思入梦蘋，鸿雁啊鸿雁，你何时能为我捎来故人的消息呢？

谁是我的故人？

没有回答。但闻跫音乍起，似诉匆匆那年。

与线条悄然相逢

十指轻挥，琴声就像从幽深的井里冒出来，泛着清甜的活络——这是柔软的线条在轻轻地撩拨。

刀光剑影，战场就像不收费、无年限的墓园，吞噬千万亡灵——这是虬曲的线条在岁月的年轮里旋转。

撩拨又旋转，旋转又撩拨，一曲线条的华尔兹，我和它在其中悄然相逢。

琴的七根弦就是七根线条、七处柔软、七种相逢。当年司马相如一曲《凤求凰》，窃得美人心。如今再于琴上奏出，七根线条织成一张密密的网，困住了爱情转瞬即逝的悲凉。昔日在琴台卖酒，小夫妻共同打拼，正如用丝线柔柔地编织梦里宏伟的蓝图，可奈何贫贱糟糠的情意终究敌不过人老珠黄的恐惧。线条再也经不起撩拨——闻君有两意，故来相决绝。梦碎了，镜破了，线断了。断线落在我的琴上，我与它悄然相逢。

线条，断了；故事，还没完。十指轻挥，琴声仍不断绝，连绵着苦涩，我与线条在琴声中悄然相逢。

沙场秋点兵，一样在汉朝，匈奴的铁骑直逼长安，远征的军队就是一根粗壮的铁索。和亲的公主动情地回忆故土——中原是多么富庶，一切是那么丰饶，人们是那么可爱，那么文明，那么多情……黄土虽洗去她曾经的容颜，却没能阻挡那次远征、那场浩劫。匈奴，败了。汉武帝血洗匈奴王廷，虬曲的线条展示了一个全盛的王朝。长安，在逆光中的黑影，如曜石一般深邃，将败军气数照单全收，吞噬了塞外的风沙与光明。战士的血与魂，随着线条缠绕，旋转。

线条转啊转，在历史长河中洗净了铅华，褪尽了污秽。刀光剑影，终是千年一瞬，我与它在战场悄然相逢。

相逢是一张网，吞噬了所有的不快与喧嚣，抽出其中一根或柔软或虬曲的线条，就是一个故事，一个讲述相逢的故事。

残月挂疏桐，漏断人初静。在优美的琴声中、萧索的战场上、宁静的夜幕里，我与线条悄然相逢。

父亲收藏的瓷盘画：静谧的少女和商丘的火神

或许，我们已经习惯

或许，我们已经习惯。

当手指第一次抚上琴弦的时候，我就知道，我属于他。

从此走上一条充满荆棘的路。

我已经习惯，一遍又一遍在人前解释什么是“古琴”——他是一种流传了四千多年的中国传统乐器，是中国古代地位最崇高的乐器，是中国文人士大夫情感的寄托与传递。

我已经习惯，一遍又一遍在人前解释古琴和古筝的区别——古琴7弦，古筝21弦；古琴无码，古筝有码；古琴不需义甲，古筝需要义甲；古琴悦己，古筝悦人。

我已经习惯，一遍又一遍地看着电视上选秀节目中选手得意洋洋地说：“我会琴棋书画中的琴。”然后工作人员抬上来一架古筝。

我已经习惯，一遍又一遍听别人抱怨古琴声音小，然后继续说着钢琴、吉他是两大泡妞把妹神器，或者直接问我们学古琴多久才能吸引女生的注意。

我没有一丝一毫抹黑古筝的意思，我也没有资格。毕竟古筝陪了我四年，我将最懵懂无知的年华全部献给了她，最高级别的优秀也曾拿到过，只是无情的我将她遗失了而已。我是喜欢古筝的，虽然现在早已忘得一干二净。可这只能说明，她不属于我，我不属于她。

可古琴不一样。

如果说古筝是明快活泼的年轻女子，如淙淙流水，那么古琴就是沉敛宁静的中年男子，如广博大海。这也正是我将他们全部拟人化的原因。相传孔子学琴，认为一张琴就是一个人，在儒家学派以仁为本的思想下，琴出现了抽象化的“头发”“舌头”“肩膀”等身体部位。而我的琴，恰恰是仲尼式——传说中孔子按照自己的身体所创造的。

弹琴，和谈恋爱毫无二致。他包容你的无知任性，他收纳你的愤懑不快，他接受你的矫情妒忌。他执着你的柔荑，引起最迷人的战栗。

弹琴，其实也像自虐。他在你的手上留下薄茧和水泡，他让你的关节疼痛扭曲，他在你的心底留下创痛。他拽着你的大脑，一直引向悬崖边。

我已经习惯这种愤愤不平——其实古琴原名不是他，而是干干净净清清白白一个字——“琴”。上个世纪初，为了区分舶来品钢琴和传统的琴，就在他的名字前硬生生安了一个“古”字。

我已经习惯“文革”打击给他带来的重创与伤口，甚至在浩劫之前——西方列强入侵中国、新文化之风兴起的时候，琴就已经成了没落的贵族。

我已经习惯古琴小之又小的圈子。因为现代高压快速的生活对他造成了强烈的冲击，这般凋敝在所难免。

我已经习惯了这条充满荆棘的路，习惯了被别人看成是作秀，习惯了在嘈杂的城市里为自己寻一方净土。

我从没想过要让每一个人都了解琴、喜欢琴、学习琴，我也从不把传承非遗作为自己的使命。我只是默默地在努力，自私地，与琴缠绵。

流传了四千多年的琴还会继续流传下去的，老天自有它的理由。琴不仅是一种乐器，还是一位严师益友，更是一种精神：

威武不屈，坚忍不拔，高风亮节，虚怀若谷。

——我们恰恰缺少的精神。

——中国古代文人士大夫的精神。

——我追求的精神。

附录：文章刊发及获奖情况一览

《爱心》，广州日报集团《现代育儿报》，2005年6月24日

《2006年的中秋》，成都市青少年爱国主义教育网，2006年09月30日

《参加“同心筑彩虹”晚会》，《中国小记者报》，2008年6月23日

《痴恋在其中》，成都市青羊区文联、作家协会《琴台文艺》，2013年第06期

《把惬意带给生活》，成都市青羊区文联、作家协会《琴台文艺》，2013年第06期

《水尾画稿溪》，成都市青羊区文联、作家协会《琴台文艺》，2013年第06期

《乐在其中——致雪莱先生》，成都市青羊区文联、作家协会《琴台文艺》，2013年第06期

《孤独是一种修行》，成都市青羊区文联、作家协会《琴台文艺》，2013年第10期

《净土》，成都市青羊区文联、作家协会《琴台文艺》，2013年第10期

《最是那一阵风》，成都市青羊区文联、作家协会《琴台文艺》，2013年第10期

《逐梦》，成都市青羊区文联、作家协会《琴台文艺》，2013年第10期

《记忆是昨日的康桥》，成都市青羊区文联、作家协会《琴台文艺》，2013年第10期

《与线条悄然相逢》，成都市石室联合中学优秀作文集《成长的足迹》，2013年11月

《你是我身边最美的荷花》，成都市青羊区文联、作家协会《琴台文艺》，2014年第06期

《我总也忘不了那句话》，成都市青羊区文联、作家协会《琴台文艺》，2014年第06期

《黑茶》，成都市青羊区文联、作家协会《琴台文艺》，2014年第06期

《悼孙花脸》，中共成都市青羊区委机关报《新青羊》，2014年11月21日

《瓷言瓷语》，成都市青羊区文联、作家协会《琴台文艺》，2014年第12期

《迁延》，成都市树德中学《树德潮》杂志，2015年第05期

《匆匆那年》，成都市青羊区文联、作家协会《琴台文艺》，2015年第04期

《一园蜀梅》，成都市青羊区文联、作家协会《琴台文艺》，2015年第08期

《啸声渐远难再续》，成都市青羊区文联、作家协会《琴台文艺》，2015年第08期

附录：文章刊发及获奖情况一览

《加州海滩》，中共成都市委机关报《成都日报》，2015年9月24日

《城市动物》，成都市树德中学《树德潮》杂志，2015年第12期

《高考之外》，江苏省启东市作家协会《沙地》杂志，2016年第02期

《蓝天梦 中国梦》，成都市树德中学官网，2016年3月

《南音》，成都市树德中学《树德潮》杂志，2016年第05期

《云横秦岭家何在》，黑龙江省作家协会《北方文学》杂志，2016年第07期（中）

《函青·潮湿的心》，贵州省文联《南风》杂志，2016年10月

《瓷》，四川省作家协会《四川文学》杂志，2017年第02期

《电影〈闪闪的红星〉观后感》，获得成都市泡桐树小学学生影评一等奖

《逐梦》，获得成都市石室联合中学“中国梦”征文一等奖

《加州海滩》，获得成都市教育局、团市委、成都日报社2015年《苗地》暑期征文一等奖

《记忆中的橡皮擦》，获得全国中小学生创新作文大赛四川省特等奖

《城市动物》，获得《南方都市报》2015年“南都游学记”征文二等奖

《散文五题》，获得《琴台文艺》第二届优秀文艺作品评选三等奖

主编成都市树德中学《树德之声》2016年第01期、第02期